The God of Battle

아이더

이광섭 판타지 장편소설

FANTASYSTORY & ADVENTURE

8

dream books
드림북스

아이더 8 (완결) 장막은 걷히고

초판 1쇄 인쇄 / 2013년 6월 17일
초판 1쇄 발행 / 2013년 6월 21일

지은이 / 이광섭

발행인 / 오영배
책임편집 / 편집부
펴낸 곳 / (주)삼양출판사 · 드림북스

주소 / 서울특별시 강북구 솔샘로67길 92
대표 전화 / 02-980-2112 팩스 / 02-983-0660
편집부 전화 / 02-980-2116 팩스 / 02-983-8201
블로그 / blog.naver.com/dreambookss

등록번호 / 제9-00046호
등록일자 / 1999년 3월 11일

ⓒ 이광섭, 2013

값 8,000원

(주)삼양출판사 · 드림북스의 서면 허락 없이는 어떠한
형태나 수단으로도 이 책의 내용을 이용하지 못합니다.

ISBN 978-89-542-4970-6 (04810) / ISBN 978-89-542-4188-5 (세트)

* 지은이와 협의하에 인지는 생략합니다.
* 잘못된 책은 구입한 곳에서 바꾸어 드립니다.

이 도서의 국립중앙도서관 출판시도서목록(CIP)은 서지정보유통지원시스홈페이지(http://
seoji.nl.go.kr)와 국가자료공동목록시스템(http://www.nl.go.kr/kolisnet)에서 이용하실 수
있습니다. (CIP제어번호: 2013008517)

8

장막은 걷히고

아이더

이광섭 판타지 장편소설
FANTASYSTORY & ADVENTURE

dream
books
드림북스

the 아이더 God of Battle

◆ 8 ◆

Contents

제63장

나는 누구인가?

현자의 검을 건네 달라는 그녀의 말에 나는 잠시 머뭇거릴 수밖에 없었다.

'왜 이걸 달라는 거지?'

가뜩이나 혼란스러운 상황인데, 머리가 더욱 복잡해졌다. 무엇보다도 그녀의 답을 듣고 싶었다.

'도대체 뭐가 뭔지……'

나 자신보다도 훨씬 더 믿었고 지금까지의 모든 행동을 가능하게끔 신념을 불

어넣어 주었던 여인. 그런 그녀에게 검을 주는 것쯤 어려운 일도 아니지만 그전에 그녀의 대답부터 먼저 듣고 싶었다.

“검을 주기 전에 일단.”

나는 그녀의 눈을 똑바로 쳐다보며 단도직입적으로 물었다.

“우선 설명부터 듣고 싶소. 도대체 이게 어떻게 된 일이오?”

제인피어가 잠시 내 눈을 바라보더니만 이내 말문을 열었다.

“먼저 오직 현자만이 현자의 검을 취할 수 자격이 있다는 사실부터 말씀드려야겠군요.”

이건 또 무슨 말이던가.

“현자만이 취할 수 있는 자격이 있다니?”

“이제 와서 이런 말씀 드리면 어떻게 생각하실지 모르겠지만, 애초에 제가 마로 님과 연분을 맺고 현자의 검이 당신의 수중에 들어갈 수 있도록 유도한 까닭은 그 주인이 당신이라서가 아닙니다. 당신을 통해 현자의 검이 원래의 주인을 찾을 수 있도록 맡긴 것뿐이지요.”

그녀가 무슨 말을 하는지 당최 이해가 가지 않았다.

“주인이라니? 도대체 누가 주인이라는 거지?”

내가 원했던 속 시원한 대답은 제쳐 두고 현자의 검에 대해서만 운운하니 답답할 수밖에.

“다시 말씀드리죠. 현자의 검은 그것을 직접 제작한 현자만이 주인이 될 수 있다는 겁니다.”

내 머릿속이 점점 혼란스러워졌다. 마치 그녀의 태연한 동공 속에 빠진 채 허우적거리는 듯, 뭐에라도 홀린 듯한 느낌이랄까.

"제인피어. 알아듣기 쉬운 설명이 필요한 것 같은데."

답답하긴 매한가지였는지 그녀가 토로하듯 말했다.

"흠. 처음부터 쉽지 않은 각본이었습니다."

"각본은 또 무슨 말이지? 지금 내가 알고자 하는 건 현자의 검에 관한 것이 아니라 왜 그대가 여기 있는 다른 사람들마저 감쪽같이 속이고 갑작스레 우리 앞에 전혀 다른 인물로 나타났느냐 하는 거요. 그럴만한 사연이 있다 하더라도 이건 너무한 거 아니오! 마치 꼭두각시처럼 우릴 조종하기까지 하고. 이제 와서 진실을 말한들 쉽게 납득하기도 어려울 판에 왜 말을 빙빙 돌리는 거지?"

제인피어는 잠시 생각에 잠기는 듯싶더니만 어깨를 들썩거렸다.

"좋아요! 그렇다면 속 시원하게 말씀드리죠."

그녀는 우리들을 번갈아보며 미안한 표정을 지어 보인 후 조심스럽게 말문을 열었다.

"마로 님, 테르시오 님, 론 님."

그들 역시 그녀의 입술에 시선을 집중했다. 과연 어떤 말이 튀어나올지 몹시도 궁금하고 호기심 가득한 표정으로 말이다.

"제가 애초 그대들에게 접근한 것은 홀론의 조각들 중 나머지를 얻기 위해서였죠."

내가 물었다.

"홀론은 뭐지?"

"현재 모든 세상이 대혼란에 빠진 이유는 절대적 힘을 지닌 홀론이 파괴되어 몇 개의 조각들로 나뉘어졌기 때문이죠. 너무나도 복잡하게 변해 버린 각각의 차원들은 물론, 이곳 또한 수많은 종족이 그것을 차지하기 위해 싸우는 일종의 각축장이 되었고요."

들으면 들을수록 더욱더 헷갈렸다.

"다짜고짜 홀론에 대해서 얘기하는데, 나는 그게 뭔지도 모른다고."

"서론이 너무 길었나 본데, 우선 제가 누구인지부터 말씀드리죠. 제 이름은 그대들이 알고 있던 제인피어가 아닌 네메시스라 합니다."

"네메시스라니."

"저는 홀론의 대지를 관장하는 여신입니다."

"……"

나는 그만 말문을 잃고 말았다. 테르시오와 론 역시 그저 멍한 얼굴로 그녀를 바라볼 뿐이었다.

"이제부터라도 그대는 자신이 아이더였다는 사실을 자각하셔야 합니다. 그대의 원래 성격이 너무 낙천적이고 가벼우니 일부러 진중한 성격의 영혼인 마로를 골랐고, 서로 간에 인연을 이어 주기 위해 전생에서부터 현자와 저는 하나의 각본을 구성하게 되었지요."

그녀의 말이 사실이라면 나는 마로가 아닌 아이더란 말인가?

어차피 당장 이해하지 못할 얘기들, 끝까지 들어보고 판단을 하는 것이 나을 것 같아 잠자코 있었다.

"지금부터 아이더라 부르겠습니다. 일단 드리고 싶은 말씀은 당신이 바로 현자의 검을 제작한 당사자입니다."

"……."

"마로의 육체를 통해 드디어 현자의 검을 얻게 되었으니 제 임무는 이룬 셈이죠."

나는 그녀가 무슨 말을 하는지 여전히 어리둥절했다.

"아이더 님. 현재까지 그대를 거쳐 간 모든 전사들이 기다리고 있는 상태입니다."

나는 두 손으로 내 머리를 움켜잡고는 다소 괴로워했다.

"무슨 소리인지 정말 헷갈리는군."

"당장 본래의 기억을 찾는 것이 순서일 것 같군요."

그녀가 내게 다가와 머리 위에 손을 살짝 올려놓았다. 그 순간 빛이 일어났고, 내 머릿속으로부터 수많은 영상이 떠올랐다.

어느 정도 시간이 흘렀을까.

나는 일그러진 표정으로 고개를 세차게 흔들어야만 했다.

그때 네메시스가 물었다.

"이제 기억이 나세요?"

"……."

당장 뭐라 할 말이 없었다.

말로는 설명할 수 없는 복잡하고도 미묘한 기분에 휩싸였다.

'내가 아이더였다고?'

실감이 나지 않았다.

'아냐. 나는 마로가 틀림없어. 아이더가 아닌 마로라고!'

너무도 이질적인 두 개의 삶이었다.

한 명은 지금의 나로서는 도저히 상상조차 안 될 그런 천진하고 천방지축인 인물이었고, 다른 한 명은 매우 진지하고 순박한 청년이었다.

내 안에 그런 상반된 기억들이 존재한다는 것을 받아들이기에는 너무도 혼란스러웠다.

당장으로서는 마로였던 삶이 진정한 내 모습이라 여겨졌다.

하지만 아이더의 기억을 떠올린 순간 그 또한 부정할 수만은 없었다. 너무도 개성 강한 인물. 나는 아이더로서 이곳 홀론 공간에 들어왔고 모험을 시작했다. 그것도 최근까지 말이다.

다만 마로의 영혼으로 뒤바뀐 그 삶이 더욱 현실처럼 느껴졌기에 내 머릿속은 활화산처럼 터질 것만 같았다.

'아.'

두 손으로 머리칼을 부여잡고 신음을 흘렸다.

제인피어가 내게 다가와 손을 어깨에 올려놓았다.

"그렇게 고민할 필요 없습니다. 당신은 아이더이자 마로이기 때문입니다. 쉽게 말씀드려서 두 영혼의 주인인 셈이지요."

두 영혼의 주인이라니? 그건 또 무슨 말인지. 내 문제만으로도 충분히 복잡한데, 믿어 왔던 그녀마저 제인피어인지 네메시스인지 분간이 가지 않는 상태였기에 나는 마치 정신 줄 놓은 사람처럼 그저 멍하니 하늘을 올려다보았다.

진정 내 실체는 뭐란 말인가. 제인피어는 내 속마음이라도 읽은 듯 다시 말문을 열었다.

"현 상황은 현자님께서 환생하기 전, 저와 상의해서 만들어둔 각본입니다."

가뜩이나 혼란스러운 마당에 현자, 환생, 그리고 각본까지…….

"현자께서는 애초 환생했을 때부터 영혼을 분리시켜 두 개의 육체로 살아오셨던 거죠. 많이 혼란스러울 테지만 아이더와 마로는 하나의 영혼이고 별개의 존재가 아니라는 것, 그것만이 진실입니다."

그때 테르시오와 론이 그녀에게 다가와 각자 물었다.

"나는 뭡니까?"

"우리에게도 뭔가 해명을 해 주시오."

제인피어는 그들의 질문에 빙그레 미소로 답했다.

"후후. 그대들은 현자의 제자들이었습니다."

"제자들이라고!"

"이 세계로 환생한 목적은 바로 인간으로 태어나신 아이더, 마로 님을 돕기 위한 것이고요. 저는 다만 오늘의 자리를 마련하기 위해서 여러분을 한자리에 모이게 한 것입니다."

성격 급한 론이 다시 물었다.

"도대체 뭔 소리를 하는지 모르겠네요."

"그대들의 전생 얘기를 하는 겁니다."

"전생이라니요!"

"당장에라도 기억을 떠올리게 해드리고 싶지만 환생의 법칙에 의해 전생의 기억을 되살리는 게 금지되어 있다는 점이 아쉽군요."

나와 테르시오, 론은 꿀 먹은 벙어리가 되었고 그저 멍하니 그녀를 바라볼 뿐이었다. 그녀는 나를 바라보며 다시 말문을 열었다.

"대신 궁금해하시는 점은 제가 모두 말씀드릴 수 있습니다. 어떤 이유로, 어떤 각본에 의해 여러분이 이렇듯 한자리에 모였는지 말이죠. 그 첫 번째 이유는 현자의 검의 완성을 위한 것입니다. 현자께서는 이제 그 검을 찾게 되었고 제자들까지 거두었으니 혼돈으로 가득한 홀론 공간을 정화시키면 됩니다."

나는 졸지에 세 인물의 주체가 되어 버렸다. 적어도 그녀의 말이 사실이라면 말이다.

현자, 아이더, 마로. 물론 나는 현재 마로의 성격이 가장 마음에 들었다.

어차피 전생에 내가 현자였든 아니든 간에 앞으로가 중요한 법이다. 하지만 홀론을 정화시킨다는 말은 여전히 나를 헷갈리게 만들었다.

제인피어, 아니, 대지의 여신이라는 네메시스는 아직도 할 말이 많은 듯했다.

"현자께서는 이이더의 미로의 삶을 살아왔을 때 인연을 맺었던 그 모든 사람들을 거두어야 합니다. 용족, 테라 종족, 고대 전사, 마족들에 대항하기 위해서 규합이 필요한 거죠. 그 때문에 이 세상에서 더 강하게 거듭난 동지들이 필요한 거고요. 또 하나, 현자의 검을 얻으셨지만 아직 남은 것이 있습니다. 그건 바로 홀론의 조각들 중 남겨진 것을 찾아내는 겁니다. 저들과 맞서기 위해서는 수많은 인재들과 더불어 홀론의 조각이 있어야만 하거든요."

현자로서의 기억이 나지 않으니 일단 그녀의 말을 따라야만 하는 걸까. 쉽게 결정이 서지 않았다.

　나는 다시 물어보기로 했다.

　"내가 현자로 살았던 생의 기억이야 남아 있질 않으니 그에 대해 별로 궁금할 것도 없지만, 그 이후에 찾아온 두 개의 삶, 아이더와 마로 중 어느 것이 진짜 나인지, 또 모두 진짜라면 그 두 기억을 모두 떠올린 지금 어떤 삶을 택해야 할지 혼란스럽소."

　"아이더와 마로의 만남은 곧 분리된 영혼이 하나로 합쳐진 것이기에, 당신은 그 누구도 될 수 있습니다. 다만 지금까지 그대를 거쳐 간 자들을 규합하려면 아이더의 삶을 사는 중에 만났던 자들은 아이더로서, 마로의 삶에서 만났던 자들은 마로로서 각각 그들을 안고 가면 됩니다."

　"홀론의 조각은 어떻게 찾아내야 하는 거요?"

　"그건 현자의 검이 스스로 안내를 해 줄 겁니다. 바로 그게 궁극적인 목적이었으니까요. 현자께서 전생에 이처럼 철저한 계획을 세운 것은 홀론의 남은 조각을 찾아내기 위함이라는 것을 알아두셔야 합니다."

　나는 깊은 한숨을 내쉬었다.

　내가 모르는 계획에 따라 행동해야만 하는 불투명한 미래. 그녀는 궁금증을 풀어주기보다는 나를 더욱 복잡하게 만들고 있었다.

　하지만 어쩌랴. 이 마당에서 내가 할 수 있는 일은 일단 그녀의 말을 따르는 것이다. 제인피어는 아직도 할 말이 많은 것 같았다.

"이제는 사성의 화합을 서둘러야 합니다."

"사성의 화합이라니요?"

"인간 출신인 네 명의 용자를 말하는 거죠. 홀론의 세력이 강대해지면 인간 세계는 멸망에 이르게 되는데, 그 때문에 현자께서는 미리 안배를 해 두셨던 것입니다."

"아. 머리가 아프군요. 도대체 내가 뭘 안배했는지 현자의 기억을 되찾았으면 좋겠군요."

"사성! 즉 네 명의 용자는 그대를 포함해서 레이카니안과 테디우스, 가르시아입니다."

이름을 듣자마자 반가움부터 들었다.

"그들은! 내가 아이더였을 때 만났던……."

"맞습니다. 신검여제 레이기니안, 이미도 홀론의 조각을 취했을 테디우스, 그리고 궁극의 검술을 깨달은 가르시아. 그대를 포함한 그 넷에게 인간 세상을 구할 의무가 있는 거죠."

그들과 만났던 옛 일들이 새록새록 떠올랐다.

특히 테디우스의 근황이 궁금하던 터였다. 검술 학당에서부터 은근한 라이벌로 지내왔던 녀석. 너무도 아름다운 외모에 엄청난 검술 실력을 지닌 레이카니안, 그리고 인간이 도달할 수 있는 한계를 넘어선 궁극의 검사 가르시아. 그들에 관한 얘기를 들어본 적이 있었다. 헌데 나를 포함한 그 네 명이

용자라니. 인간 세상을 구한다는 말에 내심 심장이 뛰기 시
작했다.

"당장 그들부터 찾아야 합니다."

"당장이요?"

"시간이 없습니다. 아마도 현재 용족, 마족, 테라 종족, 고
대 전사들은 베르크 전서 내용을 입수하고 저들끼리 협정을
맺어 사성의 화합에 대비하고 있을 겁니다."

"베르크 전서는 뭡니까?"

"인간 용자 네 명의 출현을 예언한 고대 예언서입니다."

그녀는 갑자기 어디론가 앞장을 섰다.

"일단 현재 그대의 수하들에게 그런 사실을 알리고 서둘러
그들을 규합하는 것이 가장 시급한 문제이죠."

"지금의 내 수하들이라면……."

제64장

회동

제7군단 돌격 부대 소속인 제퍼와 제나이더, 도지, 샤칸은 한 시간여에 걸친 내 설명을 듣고는 저마다 어리둥절함을 감추지 못했다.

역시나 호기심 많고 수다스러운 제나이더 녀석이 제일 먼저 반응을 나타냈다.

"대장님! 도대체 그게 다 뭔 말이세요. 사성이 화합해서 인간 세상을 구하는데 우리 역시 그 전쟁에 동참하라니요. 지금 전쟁을 치르는 와중인데 진짜 적은 마족과 테라 종족, 고대 전사, 용족이라고요? 아이고, 머리 아파라."

머리 아픈 것은 나 역시 마찬가지였다. 스스로가 설명을 하고도 아직 이해 못 한 것들이 많았으니 말이다.

그런데 루체트르는 달랐다.

"저는 마로 님 뜻을 따르겠습니다."

아직 나는 그녀의 정확한 실체를 모르고 있었지만 어쨌든 그 말을 들으니 기뻤다.

그때 제인피어가 느닷없이 그녀에게 다가가 포옹을 하는 것이 아닌가.

"루첸트. 이게 얼마 만이니!"

"언니. 정말 보고 싶었어."

"후후. 지금 보고 있잖아."

그 둘은 서로 아는 사이였단 말인가. 그때 루첸트가 내게 다가와 빙그레 웃으며 말문을 열었다.

"현자님. 그동안 제 신분을 속여서 미안해요. 전생을 기억하지 못하시니 저를 모르시겠지만 저는 언니 네메시스의 친동생으로서 바람을 주관하는 정령이랍니다."

제인피어는 다시 루첸트를 포옹해 주었다.

"네가 있으니 든든하다."

"든든하기는. 어쨌든 마로 님이 드디어 사성의 규합을 이끌 시기가 다가온 것 같은데 벌써부터 기대가 돼."

순간 내 허리춤에 찬 현자의 검으로부터 굵직한 음성이 들려왔다.

『난 언제 꺼내줄 거야! 빌어먹을, 이 안은 너무 답답하단 말이야.』

그러자 루첸트가 바로 언성을 높였다.

"크라크츠! 현자님 앞에서 감히 소리를 치다니. 네가 세상 밖으로 나오려면 아직도 멀었어. 이 아둔한 악마야."

이번엔 제인피어가 루첸트를 타이르듯 말했다.

"이젠 꺼내 주어도 괜찮을 것 같은데. 크라크츠 역시 이번 생애에서 현자님을 도와서 싸운다고 그랬잖아."

『내가 언제!』

루첸트가 입술을 쭉 내밀었다.

"전생도 기억 못 하는 무능한 악마!"

제인피어가 말했다.

"그건 크라크츠가 이 세상에서 난동을 피울까 봐 일시적으로 기억을 못 하게 만든 거잖아."

그녀는 나를 바라보며 부탁의 어조로 말했다.

"마로 님, 이제 그를 꺼내 주시죠."

그 즉시 나는 검을 만지작거려 봉인을 풀어 주었다.

펑!

"크하하하하."

호탕한 웃음을 지으며 모습을 드러내는 흉측한 악마 크라크츠.

"이제 자유다! 자유라고!"

루첸트가 그를 향해서 한마디 쏘아붙였다.

"자유 좋아하시네. 너는 이제부터 마로 님의 수족으로서
할 일이 엄청 많거든."

"수족이라니!"

"현자의 검에 또 봉인되고 싶지 않다면 입 다물고 있어."

"젠장."

이를 지켜보던 도지와 제퍼, 제나이더, 그리고 샤칸은 식
겁을 했다. 말로만 듣던 악마의 실체가 생각보다 더 소름
끼쳤기 때문이다.

이 자리에는 테르시오와 론도 함께 있었고 그들 역시 앞
으로 시작될 새로운 전쟁에 앞서 나름대로 비장한 결의를
한 상태였다.

내가 이들과 함께 인간 세상을 구할 지도자인가 하는 생
각에 갑자기 무거운 짐을 진 것 같은 느낌이었다.

그다음 순서는 사성의 화합으로, 나와 제인피어 둘이서
레이카니안과 테디우스, 가르시아를 찾아 나설 차례였다.

"현자님. 일단 저와 함께 떠나시죠. 사성의 화합에 있어
그 중심은 단연 현자님입니다. 나머지 세 용자는 절대적으
로 현자님을 따라서 적들과 맞서 싸워야 합니다."

이곳에 남아 있는 자들은 루첸트가 리더가 되어 안전한
장소로 이끌 것이고, 돌격 부대 3,000명 또한 이 위대한 전
쟁에 동참하게 될 것이다.

곧이어 그녀와 나는 수하들을 남긴 채 사성의 화합을 위

한 여정에 나서기로 했다.

한편 궁금했다.

최근까지 함께 모험을 했던 공주 베아트리체와 플랜시
아, 그리고 제릭에 대해서. 그들은 아마도 지금까지 나를
찾고 있을 것이다. 물론 나 역시 그들을 찾아내야만 했다.

눈을 감고 지그시 그녀의 얼굴을 떠올려 본다. 언제나 말
많고 쾌활한 여인. 내가 아이더로 있을 때 유일하게 잘해
준 베아트리체.

아! 언제부터인가 그녀는 이미 내 가슴 한편을 차지하고
있었으니…… 나는 희망한다, 공주와 만나기를. 제발 무사
해야 할 텐데.

나의 사랑.

＊　　　＊　　　＊

마족의 수장 하마스는 자신의 영토에서 각 종족의 대표
들을 초청하여 만찬을 즐기고 있었다.

이 자리는 그야말로 홀론 대륙에서 가히 최고의 경지에
올랐고 상상을 초월하는 전투 능력을 지닌 기라성들의 모
임이나 다름없었다.

홀론의 조각을 얻은 뒤 마족을 통합한 하마스는 홀론 대
륙을 집어 삼키려는 욕망이 대단한 자였다.

그가 최근에 마음을 돌려 적들과 화해의 장을 마련한 것
은 그들 역시 홀론의 조각을 얻었기 때문이다.

테라 종족의 헤르가탄은 절대 불가능하다 여겼던 제9테
라급의 경지에 이르렀고 고대 전사 수장 파탄 역시 홀론의
조각을 얻음으로써 강대한 힘을 갖게 되었다.

그리고 가장 주목받는 인물은 바로 용족의 신성 제릭이
다.

그는 어린 나이에 홀론의 조각을 얻게 되었지만 그 힘을
감당하지 못하고 심한 정신적 부작용을 일으켰다. 결국 기
억을 잃고 자신이 누군지도 모른 채 방황하다가 얼마 전에
기억을 되찾고는 용족에 귀환했다.

제릭은 이제 마족의 수장 하마스의 정식 초청을 받은, 명
실상부한 용족의 대표로 자리매김했다.

사실 하마스와 고대 전사 수장 파탄은 이미 저들끼리 사
전에 비밀 회동을 가졌다.

홀론 내에서 가장 치열하게 세력 다툼을 벌였던 두 원수
지간의 만남은 언뜻 이해할 수 없는 일이었다.

그런 만남을 파탄이 먼저 제의했었고 하마스 역시 그의
설명을 귀담아 들은 후, 이런 모임을 개최하였다.

대체 그 둘만의 회담 내용이 무엇이기에 각 종족 대표들
을 이 만찬에 초대한 것인가.

하마스는 초청한 손님들을 향해 말문을 열었다.

"여기까지 오시느라 다들 수고 많았소. 일단 시간이 없으니까 단도직입적으로 말하죠. 내가 그대들을 보자고 한 것은 화해의 장을 마련하기 위함이오. 나는 이미 고대 전사 수장 파탄과 불가침 협정을 맺었고 더 이상의 쓸데없는 전쟁을 그만두기로 했소. 이제 여러분에게도 평화의 손길을 내밀기로 했으니 부디 내 뜻을 받아들이기 바라오."

만찬회 자리에 잠시 정적이 흘렀다.

특히 헤르가탄은 하마스의 예상치 못한 제의에 어리둥절했다. 한때 그의 수하로 있다가 홀론의 조각을 얻어 제9테라급이 되었고, 이제는 그의 권능과 거의 대등하게 된 마당이므로 당당해질 수 있었다.

어쨌든 딤욕과 욕심에 있어서만큼은 타인 추종을 불허하는 하마스가 평화를 운운하니, 그 이면에는 무슨 꿍꿍이속이 있을 것이라 생각했다.

"후후. 지나가는 개가 웃을 일이네요. 홀론을 집어삼키고자 그토록 많은 만행을 저질렀던 분이 어느 날 갑자기 각 종족의 대표들을 모아 놓고 화해의 장을 만든다? 도무지 실감이 나지 않는군요."

헤르가탄은 그렇게 비아냥댄 뒤, 자리에서 벌떡 일어나며 말했다.

"난 가겠소! 협정이든 평화든 나와 내 종족은 관심은 없

으니까! 게다가 9테라급이 된 내가 뭐가 아쉬워 당신들과
손을 잡겠소. 이제부터 나는 내 능력으로 당당히 겨룰 거
요. 홀론에서 진정 누가 최강자인지 한번 봅시다.”

헤르가탄은 꽤 공격적이었고 이 모임 자체를 불쾌해하였
다. 그때, 고대 전사 수장 파탄이 자리에서 일어나 그에게
다가가 진정시켰다.

“자, 자! 흥분부터 가라앉히시지요. 어려운 길 오셨으니
일단은 얘기를 끝까지 들어보는 것이 순서 아니겠소.”

헤르가탄은 콧방귀를 꼈다.

“당신 역시 마족 따위가 제안하는 내용에 관심 있는 건
아니겠죠! 그래도 고대 전사는 다를 줄 알았는데.”

파탄은 그의 눈을 똑바로 쳐다보며 말했다.

“사실 이 모임은 애초 내가 생각하고 만든 자리요.”

헤르가탄의 눈빛이 번쩍였다.

“그대가요?”

“그렇소. 오늘 모임 이전에 나는 개인적으로 하마스와 은
밀한 회동을 가졌고 그가 내 설명을 듣고는 이 만찬을 준비
하게 된 것이지요.”

참석자들의 시선은 이내 파탄에게 집중되었다.

“사실 이 자리는 화해의 장을 넘어, 동맹 협정을 맺기 위
해 만든 자리요.”

헤르가탄은 자신의 귀를 의심했다.

"동맹이라니요! 그건 또 무슨 말도 안 되는!"

"이제부터 제 얘기를 잘 들어 보시기 바랍니다. 이 시점에서 왜 우리가 동맹을 맺어야 하는지!"

파탄의 눈에 힘이 들어갔고 목소리는 더욱 진중해졌다.

"지금은 흘론에서 우리끼리 영토 다툼이나 할 때가 아니오. 현재 우리에게 가장 위협이 될 만한 존재들이 다가오고 있기 때문이죠."

헤르가탄은 어이없다는 듯 혀를 찼다.

"위협이 될 만한 존재라니! 혹시 드라고나 종족을 말하는 건 아니겠죠. 그들은 용족에 의해 시공간에 갇혀 있는 것으로 아는데."

파탄은 고개를 좌우로 흔들었다.

"그들은 드라고나 종족이 아니오."

"그렇다면 도대체 누구란 말이오!"

파탄은 다소 떨리는 음성으로 겨우 말을 이었다.

"인간……."

"……."

헤르가탄은 잠시 멍하니 있다 이내 호탕하게 웃었다.

"하하하. 지금 인간이라 말했소? 하하하. 나 참, 내가 지금 무슨 소리를 듣고 있는 건지, 원."

파탄은 그런 그의 행동을 예상했고 다시 차분하게 말을 이어 갔다.

"분명 인간이 맞소."

"지금 제정신으로 말하는 거요? 감히 인간 따위가 우리에게 대적할 만한 존재라고 여기는 거요?"

"물론 내 말이 미친 소리로 들리는 것을 이해하오. 나 역시 처음에는 그저 황당무계한 소리로만 들렸으니 말이지요. 하지만 진실은 때로는 조용히 찾아와 전혀 대비도 되지 않은 내 고요한 심장을 순식간에 도려내곤 할 때가 있지요. 물론 그대가 그런 반응을 보이는 것은 지극히 당연한 일이지요. 인간 따위가 어떻게 우리와 대적할 수 있단 말인지. 그들은 홀론의 대륙에서조차 숨쉬기도 어려운 나약한 존재들로, 애초에 안중에 없었지요."

그때 하마스가 이 둘의 대화에 껴들었다.

"헤르가탄. 나 역시 파탄의 그런 주장에 대해 처음에는 코웃음을 쳐 버렸지. 하지만 그의 얘기를 끝까지 들어 보면 생각이 달라질 걸세."

헤르가탄은 고개를 절레절레 흔들었다.

"하마스 님. 한때 내 군주였던 당신에게 옛 정이 있지만 아무래도 이 말은 해야만 할 것 같군요. 당신과 파탄은 우리 모르게 사전에 은밀한 협정을 맺고는 테라 종족인 나와 용족의 제릭을 혼란스럽게 만드는 술수를 쓰는 것 같군요. 이 모든 게 당신들의 이익을 챙기기 위한 것 같은데?"

이번엔 파탄이 나섰다.

"아무래도 본론으로 바로 들어가야 그대가 납득할 것 같소."

헤르가탄은 아예 팔짱을 끼고는 거만한 자세로 파탄을 노려보며 말했다.

"솔직히 당장에라도 이 자리를 떠나고 싶지만 도대체 뭐로 나를 납득시킬지 궁금하니 일단은 들어 보기로 하죠."

그는 다시 자리에 앉았고 파탄의 설명이 이어졌다.

"우리끼리의 전쟁에 열을 올리느라, 인간 세계에 어떤 변화가 일어나고 있는지 전혀 관심을 두지 않았었지요. 그러던 어느 날, 내게 옛 동료인 파블로와 그의 손자 이안이 찾아왔었소. 그들은 내게 '베르크의 전서'를 보여 주며 아주 황당무계한 내용을 알려 주더라고요. 그건 바로 인간 세계에서 네 녕의 용사가 홀연히 나타나 홀론에 대혼란을 일으킨다는 것이지요."

헤르가탄은 그의 말을 끊고 물었다.

"베르크의 전서는 뭐요?"

"우리 고대 전사들에게는 절대적인 신봉의 대상인 옛 예언서요. 바로 7,000년 전 시조께서 남기신 것으로, 거기에 적힌 예언들은 무엇 하나 빼놓지 않고 정확히 맞아 떨어졌지요. 고대 전사가 시공을 초월해 홀론 대륙에서 그대들과 영토 다툼을 벌인다는 것까지 세세하게 기록이 되어 있는데, 틀린 것이 하나도 없었소. 한데 베르크 전서의 마지막 구절에 인간 세계에서 등장한 네 명의 용자에 대한 그림과 암시가 남겨져 있더군요. 마침 내 동료였던 파블로는 손자 이안과 홀론 연대기를 기록 중에 있었고 우연찮게 베르크 전서의 원본을 손에 넣을 수 있었지요."

헤르가탄은 여전히 미심쩍은 눈빛이었다.

"나는 당신 종족의 예언서에는 관심 없소. 그리고 베르크 전서인지 뭔지 하는 것에서 인간을 언급하고 있다는 것도 웃기는 소리고. 당장에라도 나 혼자 인간 세계에 들어가 그들을 멸종시킬 수 있다는 것을 한번 보여 드릴까요? 아니, 그 네 명의 용자가 누군지 그들만 가려내서 죽여 버리면 되겠군!"

파탄은 갑자기 깊은 한숨을 내쉬었다.

"사실 나와 하마스는 그 네 명을 찾기 위해 노력했소. 하지만 아직 그들에 대한 어떤 흔적도 찾을 수가 없었지요. 서둘러야 하오. 그들은 아직 규합이 되지 않았기에 세상에 모습을 드러내지 않는 것 같소. 하지만 머지않아 사성의 화합이 이루어진다면 그때는 우리가 대항하기도 벅찰 만큼 거대한 힘을 구축한 상태가 되겠지요."

헤르가탄은 듣다 듣다 못해 결국 손으로 탁자를 내리쳤다.

쾅!

순간 철광석으로 만들어 탁자가 두 조각으로 쪼개졌다.

"미친 소리! 그따위 얘기는 거기까지만 하쇼! 난 이만 가
보겠소!"

그는 자리를 박차고 만찬석상을 떠나 버렸다. 이에 용족
의 신성 제릭 역시 더 이상 들을 것도 없다는 듯 문으로 향
했다.

남은 자는 파탄과 하마스뿐이었다. 그 둘은 서로 술잔을
기울이며 씁쓸해했다.

"저들의 반응은 당연한 거니 신경 쓰지 맙시다."

파탄의 건배 제의에 하마스가 술을 벌컥벌컥 들이마셨다.

"캬! 좋군. 그나저나 베르크 전서의 예언에 그 결과가 어
떻게 될지는 나와 있소?"

파탄은 허공을 응시하며 또다시 한숨을 내쉬었다.

"그건 모르오. 다만 네 명의 용자에 대한 것만 임시해 놓
고…… 거기서 끝나지요."

"결과를 모른다니. 답답하군요. 하지만 나나 그대와 헤
르가탄, 제릭은 이미 홀론의 조각을 취했소. 아무리 그래도
인간 따위에게 패할 리는 없겠지요."

"그대가 한 가지 간과하고 있는 것이 있소. 홀론의 조
각은 총 일곱 개이고 아직 이 대륙에는 나머지 세 개가 남
아 있지요. 만일 그들이 그것들을 찾아낸다면…… 바로 그
게 내가 두려워하는 것이고 우리끼리의 동맹이 필요한 이유
요."

파탄의 말에 하마스의 표정이 어두워졌다.

"최고의 경지에 오른 마당에 또 다른 존재들을 두려워해야 한다니…… 그것도 인간들이라."

그 둘은 다시 술잔을 기울였고 해가 서쪽으로 저물 때까지 술을 마셨다.

제65장

규합의 시작

서녘 황혼이 대지를 붉게 물들이는 장엄한 광경이 연출되고 있었다. 다양한 꽃들이 만발한 가운데 한 여인이 정원을 거닐고 있었다.

왠지 모를 어두운 표정. 이윽고 그녀는 어깨를 축 늘어트린 채로 고개를 들어 하늘을 우러러 보며 깊은 한숨을 내쉬었다. 그러더니 이내 두 손으로 뺨에 흘러내리는 눈물을 닦았고 뭐라 중얼거렸다.

"아이더……."

그녀는 공주 베아트리체였다. 아이더와 제릭을 따라 홀론 대륙에서 모험을 할 때까지만 해도 예상하지 못했다. 이곳 용족이 사는 본거지의 감옥 아닌 감옥에서 지내게 될 줄은. 왜 아이더는 갑자기 광기를 일으켰으며, 또 어디로 사라진 걸까.

그 후 제릭과 플랜시아와 함께 그를 찾던 중 갑자기 찾아온 불행을 아직도 받아들이기가 어려웠다. 그렇게도 착하고 충성스러웠던 제릭의 변화는 충격 그 자체였다.

어느 날 그는 우연찮은 사고로 머리를 다쳤고, 전혀 딴사람으로 변해 버린 것이다.

돌연 기억을 되찾았다며 자신과 플랜시아를 위협하던 제릭은 악마의 화신이나 마찬가지였다. 급기야는 광기를 뿜어대며 자신의 힘을 감당 못 하는 듯 마구 검을 휘둘렀다.

하필이면 베아트리체 자신이 광기에 휩싸인 제릭의 사정권에 있었으니, 그때 플랜시아가 나서서 공주를 밀어내고 그를 향해 검을 조준했다.

그러나.

그녀는 너무도 허무하게 제릭의 일검에 의해 피를 토하고 즉사하고 말았다.

순식간에 일어난 일들, 아직도 악몽을 꾸는 것만 같았다. 제릭은 마음을 추슬러 진정을 했고 다행히 베아트리체를 해하지 않았다.

그가 용족의 신성이라는 사실을 완전히 인식하기까지 약간의 시간이 흘렀고 결국 그에게 강제로 이끌려 볼모 아닌

볼모로 이곳 용족의 본거지까지 오게 되었다.

그녀는 두려웠다. 너무도…….

홀론이란 이곳, 그리고 갑자기 다른 사람으로 변해 버린 제릭, 무엇보다 무서운 것은 그가 자신을 탐할 그 순간만을 기다리고 있다는 것이다.

순한 양이 한순간 늑대로 변하듯, 본래 그의 인성이 꽤 사악하다는 사실에 베아트리체는 치를 떨었다. 하기야 그의 욕정 때문에 아직도 숨이 붙어 있다는 자체만으로 감사할 일이지만 이건 사는 게 사는 것이 아니었다.

"아이더…… 도대체 어디로 사라진 거야. 이 나쁜 놈아! 흑."

결국 울음을 터트리고 말았다.

"당장에라도 나디니서 나를 구해 줘. 제발! 그래도 너 때문에 마지막 희망을 놓지 않으려고 하는데 이제는 너무 힘들어."

제릭은 밤마다 베아트리체의 방을 찾아와 욕정을 뿜으려 했지만 그럴 때마다 그녀는 자살하겠다며 완강하게 버티었고 다행히 아직은 온전할 수 있었다.

그녀는 다시 한숨을 내뱉었다.

"후."

오늘은 그가 대륙 종족 모임에 참석하고 한 달여 만에 귀환하는 날이다. 그 때문에 그녀는 안절부절못하고 정원을 배회하고 있었다.

처음에는 자신을 버려두고 간 아이더를 그토록 원망했지만 이제는 그가 너무도 보고 싶었다.

"아이더! 제발 돌아와 줘. 마지막 부탁이야! 제발. 이 나쁜 놈아. 흑."

결국 그녀는 힘없이 제자리에 주저앉아 울음을 터트리고 말았다. 그때였다. 누군가 자신의 어깨에 손을 올리는 느낌에 화들짝 놀라 뒤를 돌아보았다.

"제릭!"

"아직도 울고 있나?"

그녀는 공포에 떨며 뒷걸음질을 쳤다.

"오지 마."

"왜 이러시나! 누가 잡아먹기라도 하나."

음흉한 눈빛, 건들거리는 말투. 정말 상종하기도 싫은 그가 다시 나타난 것이다.

"더 이상 가까이 다가오면 죽어 버릴 거야!"

제릭은 미소를 머금고 말했다.

"후후. 그러면 섭섭하지. 내가 널 얼마나 아끼는데 죽는다는 말은 하지 말라고. 어릴 때 홀론의 조각에 내재된 힘 때문에 기억을 잃고 방황하게 되어 결국 인간 세상으로 떨어지게 되었는데, 공주인 너를 만나서 편하고 안전하게 지낼 수 있었지. 내가 어찌 그 은혜를 잊을 수 있겠어."

그렇게도 순했던 그가 설마 이렇게까지 타락한 존재였다는 것이 믿어지지 않았다. 세상사 한 치 앞을 내다볼 수 없다고 하지만 이건 너무했다.

"이제 아이더란 놈은 생각에서 지워 버리지그래. 그 자리에 내가 들어갈 테니까."

"미친놈!"

"맞아. 나 미쳤어. 너에게 완전 미쳤다고. 그것도 인간에게 말이야. 용족의 신성인 내가 너를 좋아한다는 것이 말이 되나! 하지만 나도 내 자신을 제어하지 못할 만큼 사랑하게 되었으니……빌어먹을!"

제릭은 다시 그녀에게 다가갔다.

"오! 내 사랑. 두려워하지 말고 그냥 내 품에 안기지그래. 지금 이게 단순한 욕정 발산이 아니라 너를 진정 내 아내로 맞아들이기 위한 청혼이라고 여겨 주면 고마울 텐데."

"오지 마!"

순간 제릭의 표정이 싸늘해졌다.

"멍청한 년. 인간 주제에 감히 나를 거부하다니!"

그는 무슨 이유인지 말하다 말고 잠시 생각에 잠겼다. 고개마저 갸웃거리더니만 다시 말문을 열었다.

"인간이라…… 파탄과 하마스의 말이 사실이라면 인간이 머지않아 등장해서 우리와 대적할 거라는데. 후후. 베르크의 전서에는 분명 네 명의 용자가 나타난다고 그랬지."

순간 베아트리체의 귀가 솔깃했다.

"용자라니!"

"인간 얘기를 하니 역시나 관심 있어 하는군. 이왕 꺼낸 김에 얘기 하나 해 주지. 솔직히 예전에는 인간들 따위는 안중에도 두지 않았지만 아이더란 인물을 보고는 생각이 확 달라졌어. 그는 인간이면서도 현재 홀론에서 활약할 만큼 대단한 전투 능력을 지녔으니 말이다. 그래서 그런지 만일 네 명의 용자가 등장한다면 반드시 그도 끼어 있을 거란 확신이 드는데."

그의 말에 베아트리체는 가슴이 두근거렸다.

'아이더!'

제릭은 그녀의 마음을 쉽게 읽을 수 있었다.

"몰론 속으로 아이더가 나타나 주기를 바라겠지. 하지만 그때는 그 자식의 목숨이 끊어지는 날이라고 보면 되지."

주먹을 불끈 쥐었다.

"바로 이 손으로 그놈의 목을 뽑아 버릴 거거든. 하하하."

그녀에게 한줄기 희망이 찾아왔다.

'어쩌면 진짜 아이더가 나타날 수도……'

제릭은 발길을 돌렸다. 그러나 그의 사악한 음성은 그녀의 귓가를 쩡쩡거리게 만들었다.

"그때까지 너에게 아무 짓을 하지 않으마. 그러나 그놈이 나타나면 그 앞에서 보란 듯 너를 겁탈하고 말 테다. 이런 내 말이 너무 경박했나? 그놈 앞에서 네가 내 여인이라는 걸 당당히 보여주겠다, 이 말이야. 하하하.”

그는 이미 정원을 벗어났지만 웃음소리는 귓가에서 사라지지 않았다.

“하하하.”

‘미친놈. 아이더가 나타나면 너야말로 끝장이야.’

그녀는 두 손을 자신의 가슴으로 모아 마음속으로 빌었다.

‘아이더, 제발.’

＊　　　＊　　　＊

초원의 이름 모를 들꽃들과 풀들이 바람에 출렁이며 장관을 이루고 있었다. 나와 제인피어는 그 위를 걸으며 지평선 끝자락으로 향하고 있었다.

우리는 사성의 규합을 위한 여정을 시작했다.

그중 첫 번째로 궁극의 검사인 가르시아를 찾아가고 있었다. 신기하게도 제인피어는 그의 소재를 알고 있었고 나는 그저 그녀의 뒤를 따라가기만 하면 되었다.

더욱 놀라운 것은 그녀가 나머지 둘, 레이카니안과 테디우스의 거처도 알고 있다는 것이다. 이는 전생에 계획된 이

세상의 일정에 포함된 것이기에 가능한 일이며, 우리 넷이
뭉치는 건 운명이 점지한 일이라는 게 그녀의 설명이었다.

　초원의 끝자락에 도착하니 진녹색 아담한 숲이 그 예쁜
자태를 드러냈다.
　코끝으로 솔향기 가득했으니, 절로 깊은 숨을 들이마시
게 되었다. 나는 저도 모르게 햇살 아래 펼쳐진 그 따사로
운 정경 속으로 발걸음을 내디뎠다.
　제인피어는 내게 말했다.
　"홀론에서도 가장 때 묻지 않은 곳들 중 하나이지요."
　숲 한가운데로 들어서자 연둣빛 작은 호숫가가 나타났
다. 기슭에는 버드나무가지들이 물속에 담겨 있고 수면은
햇빛에 반짝였다.
　마치 태곳적 삼림을 보는 것처럼 나무와 바위들은 진한
녹색의 이끼들로 촘촘히 뒤덮여 있었다. 미풍에 출렁거리는
잔잔한 물결, 조각배라도 띄워 놓고 그 위에서 달콤한 낮잠
을 즐기고 싶은 충동마저 일었다.
　"저 너머, 집이 한 채 있죠. 거기에 가르시아 님이 살고
있습니다."
　제인피어는 기슭을 따라 둔덕을 넘어갔다. 이어 오솔길이
보이더니만 그 끝 쪽에 작고 아담한 목제 건물이 눈에 들어
왔다.

호박넝쿨이 치렁치렁 매달린 울타리, 마당 안에는 닭들이
먹이를 쪼고 있었다.

제인피어는 안을 살펴보았고 이어 소리 내어 외쳤다.

"가르시아 님!"

그때 목재 건물 지붕에서 한 사내의 음성이 들려왔다.

"누구신가요?"

"네메시스입니다."

"오! 대지의 여신님이 여긴 웬일로!"

지붕으로부터 지면에 사뿐히 안착한 사내, 그는 제인피어
와 안면이 있는지 가볍게 포옹부터 했다. 이어 나를 살폈고
고개를 갸웃했다.

"그대는 누구신지?"

세인피어가 대신 소개했다.

"현자님의 환생자입니다."

순간 가르시아는 깜짝 놀랐다.

"환생자라면 혹시, 사성의 화합을 이끌 군주?"

그녀는 빙그레 미소로 답했다.

"맞습니다. 후후."

"오! 이런!"

가르시아는 두 눈이 휘둥그레졌고 나를 다시 살펴보았
다.

"정말 반갑습니다."

그가 먼저 손을 내밀었고 나 역시 악수로서 인사를 나누었다.

"눈이 빠지도록 기다리고 있었습니다."

기다리고 있었다니. 그는 내가 이곳에 올 줄 알았던가?

"자! 안으로 들어가시죠."

차 종류가 뭔지 몰라도 참으로 향이 그윽했다. 무더운 여름날, 목으로 넘기는 따뜻한 차가 시원하게 느껴질 만큼 화한 향기였다.

우리는 대화를 나누면서 서로에 대해 이것저것 물어보았다. 이윽고 그는 내가 아이더였다는 사실을 알자 무척 놀랐다.

"그대가 아이더였군요."

"그렇습니다. 지금은 마로의 삶을 살고 있지만……."

"레이카니안에게 얘기 많이 들었습니다."

레이카니안…… 신검여제, 바로 그녀를 말하는 것인지.

"그녀를 아십니까?"

"알다마다요."

"어디 있죠?"

"이곳에서 그리 멀지 않은 곳에 있습니다."

그때 제인피어가 가르시아에게 물었다.

"가르시아 님."

"네. 말씀하시죠."

"궁극의 검술 마지막 장을 성취하셨나요?"

이에 빙그레 웃는 가르시아.

"후후. 궁극의 검술 그 자체에 성취라는 개념은 없습니다. 다만 제가 그 안에 들어가 안주한다고 할까요."

"무슨 뜻인지 어렵군요."

가르시아는 갑자기 자신의 소매를 걷더니 우리에게 팔을 내보였다.

"인간이 지닌 신체의 한계를 넘어서는 것이 궁극의 검술의 목적이지만, 사실 이 팔처럼 진정한 힘은 그 안에 있지요. 팔을 보면 처음엔 맨살만 보이지만 그 안으로 들어가면 세포가 있고, 그것들을 더욱 쪼개서 깊이 들어가다 보면 육체라는 물질은 없어지며 무(無)의 공간만이 남게 됩니다. 즉, 나라는 물질은 애초 존재하지 않는 것이며, 그저 허상으로서 바람에 흩어지는 허무의 일각이라 할 수 있겠죠. 하하하."

다분히 철학적 내용인지라 나로서는 이해하기가 힘들었다. 그런 우리들의 속마음을 읽었는지 그가 벽면에 걸린 검을 집어 들고는 직접 시범을 보여주기 시작했다.

"사실 궁극의 검술이라는 건 애초부터 존재하지 않습니다. 그저 번지르르하게, 멋지게 꾸며 놓은 말에 지나지 않을 뿐!"

말이 끝남과 동시에 검을 가볍게 휘둘렀다.

휙!

"어차피 인간의 육체는 무(無)라는 존재! 하지만 신이 무언가를 창조하듯 무에서 유를 만들어 내기도 하는 법이지요. 이렇게 말입니다!"

순간 그의 검이 휘둘러진 그 공간에 이상한 변화가 일어났다.

파팟.

아지랑이가 피어오르듯 공간이 일렁이며 뒤틀렸다. 이어 그가 조준했던 문 쪽에서 굉음이 들리는 것이었다.

파파파팍.

문이 쪼개지고 그 앞마당의 지면이 갈라지고, 이어 저 멀리 숲까지 그 여파가 이어졌다.

"이 세상은 우리가 모르는 각종 질료들로 채워져 있지요. 그 자신이 육체적 존재가 아닌 허상임을 깨닫는다면 인간도 이처럼 무에서 유를 창조할 수 있답니다. 단지 의식으로서만 공간 속 질료와 소통한다면 이렇듯 만물의 형태에 영향을 줄 수 있는 거지요."

그때 저 앞 작은 산등성이의 숲 중앙이 어떤 거대한 힘에 의해 두 쪽으로 갈라지는 믿을 수 없는 광경이 펼쳐졌다.

콰쾅!

나와 제인피어는 그만 입이 헤 벌어지고 말았다. 그의 설명은 무척 난해하여 당장 받아들이기 어려웠지만 적어도 방금 보여 준 검술의 위력은 엄청났다.

가르시아는 검을 다시 벽면에 걸어 두었고 자리에 앉아서 차를 마셨다. 마치 아무런 일도 하지 않은 것처럼 여유로운 표정을 짓기까지 했다.

제인피어는 흡족한 표정으로 그를 향해 말문을 열었다.

"성공하셨군요."

"깨달음을 얻었다는 표현이 맞겠죠. 하하하."

가르시아는 겉으로 보기에는 매우 지성적이고 얌전한 사람처럼 보였지만 실제론 무척 쾌활했다.

그는 차를 마신 후 직접 요리를 대접해 주었는데 자신이 담근 술까지 내주었다.

"산에서 자란 자연산 버섯으로 담근 건데 향이 정말 좋습니다."

술이라면 나 역시 좋아하는 기호식품이 아니던가. 우리는 서로 주거니 받거니 하며 금방 친해졌다. 옆에서 한 잔씩 받아 마시던 제인피어는 얼굴이 발그레해졌는데 기분 또한 좋아 보였다.

"사성 중 이성이 모였으니 절반은 이루어진 셈이군요."

나는 여전히 사성의 화합이 이루어져 홀론의 강력한 적들과 대적한다는 게 실감이 나지 않았다.

　다만 가르시아라는 한 사람과 새로이 인연을 맺었고 지금처럼 격 없이 술잔을 기울인다는 자체가 흥미로웠다.

　"이번엔 군주께서 한 잔 비우셔야겠습니다."

　"군주라니요? 그냥 제 이름을 불러 주시죠. 아이더, 혹은 마로로 말입니다."

　"아닙니다. 사성을 이끌어 가실 분에 대한 예우는 지켜야죠. 하하. 자! 우리 군주님! 왕년에 술 좀 하셨나 봅니다. 그 독한 버섯주를 내리 열 잔을 드시고도 멀쩡하니 말이죠."

　잠시 후 제인피어는 술병을 치웠다.

　"그만들 드세요. 내일 아침에 레이카니안을 만나러 가야 하니까요."

　그 이튿날.

　해가 중천에 떠오른 시간이었다.

　나와 제인피어, 가르시아는 능선을 따라 높은 산을 넘어야만 했다. 그 아래에는 작은 소도시가 있는데 레이카니안이 그곳에 살고 있다고 했다.

　그녀의 직업은 검술 학당 학장이었다. 인간 세계에서나 흔히 볼 수 있을 법한 학당이 여기에 왜 있는지 궁금했는데, 놀랍게도 홀론의 대륙에는 태초부터 인간들이 존재했고, 오늘날엔 무시무시한 종족을 피해 이런 오지에 작은 도시를 이루며 살고 있다고 했다.

　도시 입구에 도착한 우리들은 곧바로 그녀가 있는 검술 학당으로 찾아갔다.

　나는 가슴이 설레었다. 오래 전 신검여제라 불리던 그녀를 보고 관심이 쏠렸던 적이 있었으니 말이다.

　과연 그녀는 나를 보고 어떤 반응을 보일지 궁금했다.

　도시 외곽에 위치한 회백색의 건물, 우리는 학당 대문 앞에 도착해 문을 두드렸다. 그러자 한 소년이 문을 열어 주었고 누구냐고 물었다.

　"학장님 안에 계시냐?"

　"네! 계시는데요."

　그러자 가르시아가 소년의 머리를 쓰다듬으며 말했다.

　"남편이 오셨다고 전해라. 후후."

　남편이라니?

　가르시아는 나와 제인피어를 바라보더니 하얀 치아를 드러냈다.

　"하하. 사실 우린 지난달에 결혼했거든요."

　제인피어는 놀란 표정을 지어 보였다.

　"결혼이요! 축하드려요."

　나 역시 마찬가지 기분이었다. 레이카니안이 가르시아와 부부사이였다니.

　"축하드립니다."

　"감사합니다."

그때 모습을 드러내는 아름다운 여인. 레이카니안이었다.

"여보! 내가 누구와 함께 왔는지 알면 무척 놀랄 거요!"

그녀는 제인피어와 나를 살폈다.

"누구신지요?"

"여긴 대지의 여신 네메시스 님이고 이쪽은 우리 군주님이 되실 분이지."

그녀의 표정이 환하게 밝아졌다. 무척이나 반가운 듯 제인피어와 먼저 포옹을 했다. 그러고는 나를 바라보며 다소 낯설어했다. 현재 내 모습은 마로이기에 단번에 알아볼 수 없었던 것이다.

"바로 당신이 그렇게도 말했던 아이더 님이라고."

그녀는 내 이름을 듣자 깜짝 놀랐다.

"아이더 님이라고요!"

나는 고개를 숙여 예의를 표했다.

"아이더 맞습니다. 지금은 모습이 달라져 있지만……."

"세상에! 아이더 님이 갑자기 이곳엔 왜."

가르시아가 대신 답했다.

"사성의 화합을 이루게 해 주실 군주님이시지."

레이카니안은 어리둥절한 표정이었다.

"아이더 님이 군주님이었다고요!"

가르시아가 말했다.

"언제까지 여기에 세워둘 참이요. 우리가 어제 술을 많이 마셨으니 해장될 만한 것 아무거나 준비 좀 해 주시오.”

“아 참! 내 정신 좀 봐. 당장 안으로 들어오세요.”

학당은 아담한 규모였다. 목검을 든 수련생 스무 명가량이 열심히 검술 훈련에 매진하고 있었다. 우리는 건물 2층 테라스에서 그들을 바라보며 식사를 했다.

레이카니안은 아직도 내가 사성의 군주라는 사실이 실감나지 않는지 계속해서 이것저것 물어 왔다.

“그동안 어떻게 지내셨지요?”

“얘기하자면 좀 길죠.”

“정말 꿈만 같아요. 그대가 베아트리체 공주님과 함께 홀론의 대륙으로 가셨단 소식까지는 들었지만 설마 이런 곳에서 뵈리라고는 꿈에도 상상치 못했거든요.”

“저 역시 마찬가지입니다. 그대가 사성 중 한 분이라는 말을 듣고 무척 놀랐습니다.”

그때 레이카니안이 고개를 갸웃했다.

“그런데 이상해요.”

“이상하다니요?”

“아무리 모습이 달라졌다지만 예전의 아이더 님 같지가 않아서요. 그때는 천진한 아이처럼 무척이나 장난꾸러기였는데 지금은 전혀 달라져 있네요.”

나는 그저 웃음만 짓고 말았다.

저녁 식사 후.

우리는 작은 밀실 같은 곳으로 들어가 이런저런 대화를 나누기 시작했다. 제인피어는 사성 중 삼성이 모이게 되었다고 무척 기뻐했다.

이제 남은 사람은 테디우스.

그가 정말 보고 싶었다. 검술 학당에서부터 인연을 맺어 온 옛 친구. 하지만 그가 여전히 나를 자신의 친구라고 생각할까.

솔직히 말하자면 나와 그는 그다지 친한 관계는 아니었다. 언제나 대립적인, 좋게 말하자면 라이벌 관계에 놓여 있었기에 좀처럼 마음을 터놓고 지낼 수가 없었다.

세월이 흘러 벌써 십 년이 되었다.

과연 그는 지금쯤 어떻게 변해 있을까. 검술에 대한 열망이 그 누구보다도 강했기에 은근히 기대가 되었다. 그 역시 사성 중 하나라니 말이다.

그때 가르시아가 큰 소리로 말했다.

"두 분 다 궁금하지 않으십니까?"

"궁금하다니요?"

"제 아내의 검술에 대해서 말입니다. 후후."

"……"

그녀는 예전에도 이미 상당한 경지에 이르렀던 신검여제

가 아니던가. 지금은 과연 얼마나 강해졌을지 솔직히 궁금했다.

레이카니안은 가르시아를 나무랐다.

"당신도 참! 저는 그때나 지금이나 달라진 것이 별로 없다는 거 잘 아시잖아요."

"이봐! 겸손도 너무 지나치면 무례가 되는 법! 자! 군주님이 나타나셨으니 간단한 거 하나라도 보여드리는 게 예의라고 생각되는데."

그녀는 무척 쑥스러운 듯 얼굴을 붉혔다.

"그럼 저를 따라오시죠."

그러고는 자리에서 일어나더니만 우리를 뒤뜰로 안내하였다.

잠시 후.

정원에는 만개한 꽃들이 진한 향을 가득 내뿜고 있었다. 이제 막 초여름을 맞이한 나뭇가지에는 연둣빛 잎사귀들이 주렁주렁 매달려 있었다.

그 밑에서 레이카니안은 검을 빼어 들었다. 너무도 아름다운 정원과는 어울리지 않은 시퍼런 검날이 하늘빛을 가득 담으며 눈부시게 번쩍였다.

스르르.

그녀의 발검은 별다른 특징 없는, 일반적이고 자연스러운 자세로 시작되었다.

한때 인간 세계에서 신검여제란 칭호를 들을 만큼 위명이 대단했던 검술 고수이니만큼 내심 더욱 화려하고 절묘한 기술을 기대했다.

하지만 아직까지는 평범한 자세에 검 역시 힘없이 치켜든 것이 다였다.

바로 그때였다.

휘잉!

그녀 주변에 바람이 일렁였고 그 세기가 점점 강해졌다. 미풍이 돌연 돌풍으로 변하는 순간이었다. 돌풍은 다시 회오리바람으로 변했다. 주변의 꽃잎들과 잎사귀들이 온통 흔들릴 정도의 강풍이 불었다.

휙! 휙! 휙! 휙!

그녀는 제자리에 서 있었고 검도 그저 들어 올린 게 전부이건만, 그녀의 주위로 폭풍이라도 몰아치듯 정원 전체가 휘청거렸다.

회오리에 감겨 버린 잎사귀들과 꽃잎들이 허공으로 떠올라 휙휙 돌기 시작했고 이어 레이카니안의 기합 소리가 들려왔다.

"이얏!"

파파파팟.

그렇게도 부드럽고 연했던 꽃잎들이 각을 세우며 맞은편

돌벽으로 날아가는 것이 아닌가. 마치 파편이나 표창처럼 말이다.

팍! 팍! 팍! 팍!

놀랍게도 벽에는 구멍이 송송 뚫렸고 꽃잎은 그 두꺼운 화강암을 관통해 버렸다. 거기서 끝난 것이 아니었다. 뒤늦게 합류한 잎사귀마저 벽으로 날아가더니 이내 커다란 굉음이 들려왔다.

쾅!

우두둑!

화산의 용암 줄기에 정면으로 부딪친 듯 벽은 먼지를 일으키며 산산조각이 났다. 두께가 1미터에 달했고 그 넓이만 수십 미터에 이르는 돌벽 전체가 가루가 되기까지는 순식간이었다.

나와 제인피어는 그런 광경에 그만 입을 헤 벌렸다. 그제야 가르시아는 싱글벙글 하며 우리에게 말을 걸었다.

"제 아내는 자연 속의 모든 식물들을 엄청난 괴력을 지닌 무기로 변환시키는 능력이 있지요. 사실 이건 약과입니다. 만일 이곳이 산중이었다면 그 위력은 가히 상상을 초월했을 겁니다. 예를 들어 웬만한 성채 하나는 아주 박살을 내고도 모자라 먼지로 만들 수도 있습니다."

레이카니안은 시전을 마치고 다소 부끄러운 모습으로 우리에게 다가왔다.

"어쭙잖은 능력입니다."

나는 외쳤다.

"정말 대단하군요."

"그렇게 봐주셨다면 감사하고요."

"대체 어떻게 이런 기술을 익혔는지요?"

궁금했다. 예전, 신검여제였던 그녀도 강했지만 지금에 와선 나조차 상상치 못한 대단한 검술의 경지에 올랐기에 말이다.

그녀는 남편 가르시아를 흘끗 쳐다보더니만 이내 내게 얼굴을 돌려 말했다.

"제 남편 덕분입니다."

"덕분이라니요?"

"남편이 궁극의 검술을 깨달았을 때 저 역시 운이 좋아 그의 검술을 응용할 수 있는 기회를 가졌거든요. 가르시아가 인간의 한계를 극복했다면 저는 자연의 힘을 빌린 셈이지요."

가르시아가 흥분해서 외쳤다.

"사실 제 아내는 저보다 한 수, 아니, 두 수는 위일 겁니다. 하하."

레이카이안은 여전히 겸손했다.

"한편으로는 걱정이 되는군요. 제가 과연 사성의 화합에 낄 자격이 있는지요?"

나도 모르게 고개를 끄덕였다.

"저보다 훨씬 강한 것 같은데요."

"설마 군주님만 하겠어요."

"아닙니다! 실로 놀라운 기술을 보게 되는군요."

솔직한 마음이었다.

내가 배운 기술은 '마법 전서'이다. 총 28개의 마법들이 하나로 통합되어 강력한 힘을 얻었지만 그다지 만족스럽지 못하다고 느끼는 터였다.

적어도 홀론의 강적들과 맞서기 위해서는 그 이상의 힘을 얻어야 하건만…….

한없이 초라해지는 기분이었다. 특히 가르시아와 레이카니안이 나를 군주라 칭할 때는 어디 쥐구멍이라도 있으면 들어가고 싶었다.

과연 내가 진정 사성의 군주가 될 자격이 있는지 의심이 됐다. 제인피어는 내 씁쓸한 표정을 읽은 것 같았다.

"아이더 님. 사실 지금의 그대는 군주가 될 만한 전투 기술을 지녔다고 보기에 부족한 점이 있습니다."

정곡을 찔린 기분이었다.

"하지만 너무 염려하지 않으셔도 됩니다. 그대가 현자일 때 이 세상에 남겨둔 안배를 아직 취하지 않았기 때문이죠."

나는 깊은 한숨을 내쉬며 되물었다.

"안배라니요?"

“바로 현자의 검이 찾아줄 홀론의 조각입니다. 이 세상에는 아직 세 개의 조각이 남아 있고 그것이 인간에게 귀속될 거라는 예언이 있습니다.”

세 개의 홀론 조각이라…….

나는 지그시 눈을 감고 허공을 올려다보았다. 여기까지 오는 길도 험했건만 도대체 앞으로는 얼마나 더 멀고 힘들까 하는…… 정녕 내게 주어진 운명이 그러하다면 기꺼이 받아들이겠지만 두려운 마음이 이는 것은 나로서 당연한 일이었다.

제66장

테디우스

　제인피어의 말에 의하면 테디우스는 드라고나 종족과 함께 살고 있다고 했다. 그녀는 원래 대지의 여신 네메시스로, 바람의 속삭임을 통해 자신이 찾고자 하는 존재를 찾을 수 있는 놀라운 능력을 지녔다.

　드라고나 종족은 매우 두려운 존재이기에 무턱대고 테디우스를 찾아가는 것은 위험하다고 그녀가 누누이 강조했다.

드라고나 종족

나는 그들에 대해서 전혀 들어본 적이 없다. 제인피어의 설명을 듣고 그저 상상만 할 뿐이다. 용족을 잡아먹은 초월적 존재들, 원래 홀론 대륙의 원주인은 용족의 천적인 바로 그들이라 했다.

왜 테디우스가 그들과 함께 있는지 궁금했다. 더군다나 드라고나 종족은 외부인을 보면 무조건 죽여 버린다고 했건만. 그들의 영토는 오래전 용족의 음모에 휘말려 그 누구도 근접할 수 없게 된 결계 지역에 있다.

바로 그런 사실이 나와 일행을 고민스럽게 만들었다.

가만히 테디우스의 얼굴을 떠올려보았다. 어렸을 때 보고 벌써 십 년이란 세월이 흘렀다. 그래서인지 가물가물했다.

하지만 그 이지적인 눈빛 하며 차분한 성격은 아직도 내게 생생했다. 자존심이 무척 강했던 녀석. 시골 출신으로, 오로지 타고난 검술 재능만으로 도시에 올라와 나름의 명성을 떨치지 않았던가.

물론 남모르게 그 얼마나 혹독한 수련을 했는지 짐작이 가고도 남는다. 내가 천방지축의 세월을 보낼 때 이미 그는 철든 어른과도 같이 행동했고 그럼에도 한편으론 따뜻한 인간미가 흘렀던 인성의 소유자라는 것을 나는 안다.

그런 녀석이 사성 중 하나라니? 과연 내가 사성을 이끌 군주라고 밝히면 녀석이 어떻게 받아들일지 다소 걱정이 된다. 워낙 자존심이 강하기에……

바람에 들풀들이 요동을 쳤다. 옛 교우를 찾아가는 여정은 결코 만만치가 않았다. 살아생전 결코 경험하지 못할 정도의 매우 험난한 산맥과 거대한 소금 호수, 그리고 황량한 사막을 건너 동토의 한 작은 지역으로 들어섰다.

결계 지역에 갇힌 드라고나 종족의 영토를 찾는 일은 무척이나 고되고 힘들었다. 만일 대지의 여신 네메시스가 없었다면 이곳까지 오기 힘들었을 것이다.

가르시아와 레이카니안은 부부로서 언제나 다정하게 손을 잡고 다녔고 제인피어는 안내자로서 우리를 인도했다. 나는 그들 중간에 끼어 여정에 동참했다.

그 와중에도 내 마음이 허한 이유는 한 여인을 너무도 그리워하고 있기 때문이다. 항시 만날 때마다 서로 간에 으르렁거리며 다투었지만 막상 떨어져 보니 그 소중함이 더욱 간절히 느껴졌다.

그런 내 자신을 보고 스스로도 놀라울 따름이다.

베아트리체…….

그녀 역시 이 순간 나를 그리워하고 있을지도 몰랐다. 홀론에 와서 나는 무책임하게 그녀를 두고 떠났다.

물론 제릭이 그녀 옆에 있기에 어느 정도 안심은 되지만 그래도 왠지 불안했다.

문득 하늘을 올려다보았다.

눈부신 태양빛!

지금 그녀도 나와 같은 태양 아래 있을 것이다. 갑자기 내 자신이 한심하다고 느껴진다. 정작 내가 찾아야 할 사람은 공주 베아트리체가 아니던가.

헌데 나는 다른 여정을 하고 있으니 답답한 마음을 어찌할 수가 없었다.

'제발 무사하기를……'

나의 사랑 베아트리체여!

그로부터 수일이 지난 후.

우린 어느 구릉지 위에 올랐고 그곳에서 휴식을 취하기로 했다.

제인피어는 드라고나 종족의 결계 지역이 호숫가 너머에 있을 것이라 말했다.

호수는 그 끝이 보이지 않았다. 마치 거대한 대양(大洋)을 보는 듯했다. 잔잔한 수면 위로 조각배 한 척이 지나가는 것을 볼 수 있었다. 이런 척박한 곳에도 주민들이 살고 있는 게 신기했다.

우리는 조각배를 타고 호수를 건너기로 했다. 뱃사공은 늙은 어부였다. 그는 우리를 태워주고도 이상한 눈초리 바라보았다.

"대체 거기는 왜 가려 하는 것이오?"

그 질문에 제인피어가 빙그레 미소로 답했다.

"만나 볼 사람이 있어서요."

그러자 노인은 이해가 가지 않는다는 듯 고개를 절레절레 흔들었다.

"그곳은 동토의 끝이라오. 나 같은 어부조차 가고 싶지 않은 악마의 자락이라 불리는 곳인데…… 하기야 내 평생 만져보기도 힘든 두둑한 뱃삯을 주셨으니 일단은 기슭까지 바래다주긴 하겠소만……."

그로부터 반나절이 지났다.

뿌연 안개가 앞을 가렸다. 노인은 다소 떨리는 음성으로 말했다.

"이제 거의 다 온 거 같소. 안개가 걷히는 곳에 기슭이 있을 때니 거기서 내리면 되오."

조각배는 우리를 내려 주고 다시 안개 너머로 사라졌다. 제인피어는 이제야말로 본격적인 여정이 시작된다고 했다.

그녀 역시 단 한 번도 가보지 않은 세상의 끝, 바로 홀론의 역사가 시작된 동토이기 때문이다.

과연 우리가 저 삭막한 곳에서 드라고나 종족의 결계 지역을 찾을 수 있을지 확신이 들지 않았다.

여정은 계속되었고 보름 정도가 지나갔다.

기괴한 관목들, 괴암 괴석들로 이루어진 지형을 지나고

나니 평원이 나타났다.

짙푸른 풀들이 발목까지 자라 있었고 이슬로 종아리가 흠뻑 젖었다.

우리는 초원의 지평선을 향해 걸어갔다. 그리고 땅거미가 어둑어둑 깔릴 무렵에야 커다란 나무 아래서 야영을 하기로 했다.

제인피어의 얼굴에서 왠지 모를 긴장감이 흐르고 있었기에 나는 조심스럽게 물었다.

"어디 편찮은가요?"

핏기 하나 없는 창백한 표정.

"아니요……."

"아픈 것 같은데요."

그녀는 갑자기 한숨을 푹 내쉬었다.

"대지의 여신으로서 제 권능이 더 이상 통하지 않는 지역에 들어오니 걱정이 되어서요."

"권능이 통하지 않는다니요?"

"이곳은 우리 개념으로 더 이상 대지가 아니거든요."

그때 가르시아가 물었다.

"대지가 아니라면 여긴 뭡니까?"

"그건 저도 잘 모르겠어요. 하지만 이곳이 결계 지역 안일 수도 있다는 추측이 들어요."

결계 지역이라는 말에 우리는 깜짝 놀랐고 이번엔 레이카니안이 물었다.

"드라고나의 결계 지역은 아니겠죠?"

제인피어는 혼란스러워했다.

"글쎄요."

그녀는 갑자기 숨을 가쁘게 몰아쉬었다.

"후! 후!"

나는 재빨리 그녀를 부축했다.

"괜찮아요?"

"그, 그들이 이쪽으로 오고 있어요!"

"그들이라니요?"

나와 일행은 사방을 둘러보았다. 그때 가르시아가 큰 소리로 외쳤다.

"저기 상공을 봐요!"

순간 우리의 시선이 일제히 그쪽으로 향했다. 엄청난 크기의 날개 달린 괴수 두 마리가 힘찬 날갯짓을 하며 이쪽으로 다가왔다.

그림자가 드리워진 순간, 거센 광풍이 일었고 그들은 전방 수십 미터 앞에 가뿐히 안착했다.

회리리릭.

크아앙!

나와 일행은 각자의 무기를 뽑아 든 채로 잔뜩 긴장했다. 두 마리 괴수의 몸체가 변형을 일으키더니만 이내 사람 모습으로 바뀌었다.

두툼한 갑옷 차림의 건장한 사내가 매우 험상궂은 표정으로 우리에게 외쳤다.

"네놈들은 누구지?"

다른 사내 역시 살벌한 음성으로 말했다.

"감히 여기가 어디라고!"

그들은 각각 등에 차고 있던 이상하게 생긴 병기를 꺼내 들고는 다짜고짜 우리를 향해 공격해 왔다.

물론 당하고만 있을 순 없었으므로, 나는 현자의 검을 빼 들어 그들을 막기로 했다. 가르시아와 레이카니안 역시 그들에게 대항하기 위해 앞으로 나섰다.

그때 제인피어가 우리를 만류했다.

"싸우면 안 돼요! 당장 뒤로 물러나야 해요!"

워낙 다급한 음성인지라 우리는 멈칫했다. 하지만 놈들의 기세가 워낙 살기등등하니 이러지도 저러지도 못하고 있었다.

제인피어가 이번엔 두 사내에게 말했다.

"드라고나 종족이시여! 저희는 누구를 만나기 위해 이곳에 온 것이지 절대 불손한 마음을 품고 있지 않습니다."

그러자 한 사내가 콧방귀를 꼈다.

"흥! 보아하니 마물은 아닌 것 같고 고대 전사 아니면 테라 종족인 것 같은데, 일단 이곳에 발을 들여놓은 이상 살아서 나갈 수 없다!"

그들은 다시 검을 조준하며 쩌벅쩌벅 다가왔다. 순간 제인피어가 다시 외쳤다.

"저희는 인간입니다!"

인간이라는 말에 두 사내는 서로 약속이나 한 듯 제자리에서 멈추었다.

"인간?"

"인간이라면……."

"주군과 같은 종족이잖아."

그들은 서로 알 수 없는 말을 주고받았으며 이내 우리 쪽으로 시선을 돌렸다.

"조금 전 인간이라고 했나?"

제인피어는 그들이 반응을 보이자 더욱 확신에 찬 목소리로 말했다.

"네, 맞습니다! 저흰 인간 맞아요."

"……."

쌍방 간에 잠시 침묵이 흘렀다. 두 사내는 고개를 갸웃거리더니만 자기들끼리 다시 대화를 나누기 시작했다.

"인간이 맞는다면 죽일 필요는 없잖아."

"당연하지. 주군과 같은 종족인데 만일 함부로 손댔다가는 우리가 처벌을 받을 걸세."

"그럼 어떡하지?"

"그나저나 저자들이 어떻게 결계 지역 안으로 들어올 수 있었는지 신기하군."

그들은 다시 우리들을 살폈다.

"아까 그대들은 이곳에 누군가를 만나러 왔다 했나?"

제인피어는 기다렸다는 듯 답을 주었다.

"그렇습니다. 저희는 테디우스를 만나기 위해 멀고 먼 여정을 거쳐 여기까지 온 것입니다."

순간 그 둘은 깜짝 놀랐다.

"테, 테디우스라고?"

"주군의 이름을 함부로 부르다니!"

주군이라는 말에 우리들은 어리둥절했다. 제인피어가 다시 물었다.

"주군이라니요? 설마 테디우스가……."

순간 사내가 호통을 쳤다.

"이런 불손한 놈들이 다 있나. 아무리 주군과 같은 종족이라지만 함부로 그 위명을 지껄였다가는 죽을 줄 알아!"

다른 사내가 그를 만류했다.

"이봐. 일단 흥분을 가라앉히게나. 보아하니 이들은 주군을 만나러 온 자들인 것 같은데 안으로 안내하는 것이 순서가 아닌가."

"안내라니! 그게 제정신으로 하는 말인가? 우리 임무는 결계 지역에 발을 들여놓는 그 어떤 생명체도 살려 두지 않는 것 아닌가.”

“흠. 그건 그런데.”

그 둘은 잠시 고민했다. 그때 제인피어가 다시 외쳤다.

“저희는 당신들의 주군과 잘 아는 사이랍니다. 그러니 우리를 해하면 아마 중벌을 면치 못할걸요.”

그 말에 두 사내의 얼굴에 긴장감이 들었다.

“저것들이 협박을 하네.”

“협박이 아니라 맞는 말인 것 같은데. 일단 주군을 찾아왔으니 안으로 데리고 가서 뵙게 하는 것이 나을 것 같은데.”

두 사내는 서로 귓속말을 주고받더니만 이내 우리에게 외쳤다.

“따라와!”

                    *   *   *

황금빛 돔 형태의 거대한 지붕이 햇빛을 반사시키며 눈을 부시게 했다.

우리들은 사내들의 안내를 받으며 광장의 한가운데를 걸어가고 있었다.

인간의 형상을 한 수많은 드라고나들이 북새통을 이루며 주변으로 몰려들었다.

위대한 종족 드라고나들이 한낱 인간에 지나지 않은 우리에게 지대한 관심을 보이는 이유는 자신들의 주군이 인간이기 때문인 것 같다.

나는 아직도 내 귀를 의심했다. 내가 알고 있는 테디우스가 정녕 이들의 주군이 맞는지 말이다. 설령 그 말이 사실일지라도 내 눈으로 확인하지 않고는 믿지 못했다. 일행들 역시 나와 같은 생각이었으리라.

용족을 잡아먹는 전설의 드라고나 종족, 나는 그들의 실체를 보면서도 실감이 나지 않았다. 심지어 가르시아는 궁극의 검술가인데도 불구하고 매우 불안해하는 듯 보였다.

"이거 완전 죽은 목숨이네."

그래도 레이카니안은 남편과는 달리 매우 침착했으며 오히려 주변을 살펴보는 여유까지 부렸다.

"여보. 너무 걱정 말아요. 여기 있는 주민들을 보니 그리 나쁜 존재들 같지는 않은데요. 우리처럼 손을 꼭 잡은 부부도 보이고 아기를 안고 있는 아낙네, 그리고 천진난만한 애들도 있잖아요."

가르시아는 펄쩍 뛰었다.

"겉으로 보기에 저렇지! 저들은 마음만 먹으면 큰 괴수로 변해 조그만 도시 정도는 화염으로 날려 버릴 만한 무시무시한 존재들이라고."

"왜 그렇게 부정적으로만 생각하세요. 한번 느껴 보세요.

이곳은 왠지 평화가 깃든 신성한 나라 같은데요."

나는 그녀의 말이 사실이기를 빌었다. 하지만 이곳에도 군장 차림의 병사들이 존재했고 그들은 무기를 앞세워 우리를 강제적으로 광장 저편으로 데리고 가고 있으니 일단 어찌 될지 두고 볼 상황이다.

병사들이 군중을 막고 바리게이트를 친 시점부터 뭔가 팽팽한 긴장감이 돌기 시작했다.

이윽고 안내를 받은 곳은 화려한 은빛 갑옷 차림의 기사단이 철통같이 지키고 서 있는 어느 연단 위였다. 마치 고귀한 신분을 가진 이를 모시는 호위 기사들처럼 그들의 표정 하나하나가 숙연하기까지 했다.

잠시 후 빨간 융단이 펼쳐진 곳으로 이동했고 금빛 찬란한 의복을 입은 자들이 보였다. 얼핏 봐도 이곳에서 귀한 신분이거나 높은 관료, 즉 귀족 같았다.

드라고나 종족도 인간들과 마찬가지로 신분 체계가 있다는 것이 신기했다.

융단의 끝자락에는 마치 황제나 앉을 법한 상석이 두 개 준비되어 있었는데, 그곳에는 젊은 청년과 여인이 나란히 착석해 있었다.

순간 나는 내 눈을 의심했다. 그 청년은 다름 아닌 테디우스가 아니던가. 그 역시 나를 보더니만 무척이나 놀란 표정이었다.

우린 서로 간에 눈을 마주치며 어리둥절해했다.

'테디우스가 맞네.'

한데 그가 갑자기 눈길을 돌렸다. 마치 모르는 사람 대하는 것처럼 말이다.

그때 우리를 안내했던 사내들 중 하나가 그에게 보고했다.

"주군. 이들은 결계 지역에 잡아온 인간들인데 주군의 이름을 대며 만나기를 간청한 자들입니다. 그래서 일단 여기까지 데려오긴 했지만 혹시라도 저희가 무례를 범한 건 아닌지, 그저 송구스럽습니다."

테디우스가 그에게 말했다.

"모르는 자들인데……."

"모르는 자들이라고요?"

순간 사내가 우리를 노려보았다.

"이놈들이 감히 거짓말을 해!"

우린 무척 당황할 수밖에 없었다. 분명 저 상석에 앉아 있는 자는 테디우스가 맞는데 그는 무슨 이유인지 나를 전혀 모른 척하는 것이다.

그는 오히려 화가 난 표정이었다.

"내가 분명 결계 지역에 얼쩡거리는 자들은 무조건 죽이라고 명했건만! 당장 저들을 끌어내어 참수를 하라!"

그의 명령에 기사들이 우리에게 달려들었다.

나는 급히 외쳤다.

"테디우스! 너 이러기야!"

나도 모르게 아이더의 거친 감성이 솟구쳐 나왔다.

"빌어먹을 놈! 진짜 나를 모르는 건 아니겠지."

그러자 테디우스가 갑자기 내게로 다가오더니만 냉정한
어투로 말했다.

"네가 누군데?"

"나야. 아이더라고."

그는 고개를 갸웃했다.

"아이더? 처음 들어 보는 이름인데."

"야, 인마! 너 정말."

그때 씩 웃고 마는 테디우스.

"후후. 외모는 달라졌지만 그 성격은 여전하군."

"테디우스……."

"아마도 네 녀석이 내 입장이었다면 이렇게 장난쳤겠지."

"뭐야!"

"뭐긴 뭐야. 지난날 너한테 당한 거 그대로 돌려주었을
뿐이지."

"……."

정원 한가운데에 있는 분수대에서 물줄기가 강하게 솟구
쳤다. 그 옆, 넓은 야외 돌 탁자에서 테디우스와 그의 아내

첼시, 그리고 나와 일행들이 앉아서 만찬을 즐겼다.

테디우스는 나를 보며 혀를 끌끌 찼다.

"쯧쯧. 사성의 화합을 이끌 군주가 누군지 내심 기대했는데 그게 바로 너라니."

나는 예전의 아이더로 돌아가 다소 경박한 말투를 내뱉었다.

"뭐 인마! 내가 어때서."

그는 기분 나쁘게 한숨을 내쉬기까지 했다.

"후. 실망스럽군. 과연 네게 사성을 이끌 자격이 있는지 말이야. 우리가 상대해야 할 자들은 마족, 테라 종족, 고대 전사, 용족 중에서도 특별히 가려 뽑은 가장 전투 능력이 뛰어난 존재들이라고. 그런데 이게 뭐냐."

순간 나는 울컥했다.

"더럽게 기분 나쁘게 말하네."

"현실을 냉혹한 법. 현재 네 기류를 살펴보니 인간 세계에서는 제법 걸출한 전사로 이름을 날렸겠지만 여기 홀론에서는 아니야. 그나마 마법 전서 28개의 비전들이 한데 뭉쳤기에 뭐, 그리 약한 편은 아닌데, 그래 봐야 내 발끝에도 따라오지 못할 수준이야. 그런데 너를 군주로 모셔야 한다고?"

그는 말하다 말고 고개를 절레절레 흔들었다.

"미안하지만 난 사성에 합류할 수 없어."

그 말에 나와 일행들의 얼굴에 그림자가 드리워졌다. 이번엔 성격 솔직한 가르시아가 다짜고짜 물었다.

"이보시오. 그건 우리들에게 주어진 운명이니 그대가 마음에 들든 아니든 그리 쉽게 판단할 문제가 아니오!"

테디우스는 빙그레 미소로 답했다.

"나는 이미 홀론의 조각 하나를 취했소. 그런 내가 뭐가 아쉬워 이렇게 나약해 빠진 녀석의 수하로 들어간단 말이오."

홀론의 조각이란 말에 우리는 다시 한 번 깜빡 놀랄 수밖에 없었다.

"홀론의 조각이라니?"

테디우스는 갑자기 허공을 바라보며 회상에 잠긴 듯했다. 그러더니 이내 차분히 입을 열었다.

"이곳에 우연히 떨어져 나 역시 하마터면 드라고나 종족에게 죽임을 당할 뻔했지. 그런데."

그는 말하다 말고 옆에 앉은 여인의 손을 잡아 주었다.

"여기 내 아내 첼시가 나를 살려 주었지. 차크라퍼 열매라는 독성 식물이 있었는데 설마 그게 홀론의 조각이 녹아내린 토양의 액체 성분을 빨아 먹고 자랐을 줄이야. 상상도 못 한 일이었지."

나는 녀석이 무슨 말을 하는지 이해를 하지 못했다. 하지만 제인피어의 경악하는 표정을 보니 생각이 달라졌다.

"그렇다면 홀론의 조각을 먹은 거나 마찬가지겠네."

테디우스는 고개를 끄덕였다.

"그 후로 나는 인간은 감히 상상도 못 할 엄청난 능력을 지니게 되었지. 그 에너지가 어찌나 강대한지, 전설의 종족이라 불리는 드라고나들까지 나를 받들더라고. 아무리 그렇다지만 설마 하니 내가 이들 위에 군림하는 군주가 되리라고는 전혀 예상치 못한 일이지."

"……"

우리는 잠시 할 말을 잃었다.

내가 올려다보지도 못할 만큼 강대해진 테디우스의 모습에 나는 매우 씁쓸했다. 그런 그가 나를 군주로 모셔야 한다는 게 억지임을 충분히 납득할 만했다.

테디우스는 한술 더 떠서 내게 이 대륙의 강자들에 대한 소상한 정보까지 알려 주었다.

마족의 수장 하마스.
테라 종족의 헤르가탄.
고대 전사 수장 파탄.
용족의 신성 제릭.

도합 네 명의 절대 강자, 몰론 그들은 테디우스와 마찬가지로 홀론의 조각을 취한 자들이다. 그런 그들을 어찌 마법

전서만 익힌 나 같은 자가 상대할 수 있겠느냐고 묻는다면
나는 전혀 반문할 여지가 없었다.

테디우스는 그저 솔직한 심정을 토로했을 뿐이지만 난
마치 심장에 비수가 꽂힌 듯한 기분이었다.

정말이지 할 말이 없었다.

하지만 제인피어의 반응은 달랐다. 여전히 당당한 표정,
오히려 아까보다 목소리에 힘이 더 들어갔을 정도로 뭔가
확신에 가득 차 있었다.

“아이더 님. 실망할 필요 없어요.”

“……”

그녀의 위로가 동정으로 느껴지는 것은 당연한 일이었다.

“됐습니다. 이게 내 한계인가 봅니다.”

그녀는 고개를 좌우로 흔들었다.

“아니요!”

“아니라니요.”

“이 대륙에는 아직 홀론의 조각 두 개가 남았거든요.”

“그게 나와 무슨 상관이 있다는 거죠?”

“현자의 검이 그것들을 찾아줄 겁니다.”

나는 문득 검을 들어 올려다보았다.

“이 검이 말인가요?”

“자신을 믿으셔야 합니다.”

그때 테디우스가 진지한 음성으로 내게 말을 건넸다.

"지금이야 네가 나약하게 보일지 모르겠지만 만일 나머지 홀론의 조각들을 찾는다면 나 역시 내 생각을 바꿔야 하겠지."

가르시아는 의문스러운 표정이었다.

"그런데 그게 과연 쉽게 찾아질까요?"

레이카니안이 그를 나무랐다.

"여보! 또 부정적이네요. 우리들이 힘을 합쳐 함께 찾으면 되잖아요."

그러자 제인피어는 단호하게 말했다.

"그건 안 돼요."

"안 되다니요?"

"조각들을 찾는 것은 이제부터 아이더 님만의 몫입니다. 다시 말해서 혼자 찾아내야 하는 거죠."

나는 되물었다.

"나 혼자서요?"

"네. 그대는 현자의 검과 함께 홀로 이 여정을 떠나야 합니다. 그것도 그대가 전생의 현자로 있을 때 계획한 일의 하나랍니다. 훗날 진정한 사성의 군주가 되기 위해서는 반드시 성공해야 하지요."

도대체 나는 어디서부터 뭘 어떻게 해야 할지를 몰랐다.

"오로지 현자의 검에만 의존하여 그것들을 찾아내야 합니다."

밑도 끝도 없이 검에만 의존하라니. 이해가 가지 않았다.

"현자의 검이 그대이며, 또한 그대 자신이 현자의 검이기도 하니 그 해답은 오로지 당신만이 풀 수 있습니다."

전생에 현자였던 내가 도대체 어떤 구상을 펼쳐놨는지 모르지만 결과적으로 내가 낸 수수께끼를 내가 풀어야 한다는 의미인 것 같았다.

그때 제인피어가 내게 다가와서 내 손을 잡아 주었다.

"오늘 이 자리에 사성이 모두 모였으니 당신은 서둘러야 합니다."

나 역시 서둘러 뭐라도 하고 싶었다. 하지만 뭘 어떻게 하라는 건지…….

"지금부터 눈을 감으시고 현자의 검에 의식을 집중하세요."

"그건 왜지요?"

"아까 말씀드렸듯이 내면의 여행을 떠날 준비를 하는 거죠. 그래야만 나머지 홀론의 조각들의 행방을 알 수 있거든요."

나는 일단 그녀의 말대로 눈을 감고 의식을 집중했다.

"그저 검이 인도하는 대로 의식 여행에 집중하면 됩니다."

잠시 후 나는 내 앞에 새로운 세상이 열리는 신기한 경험을 하기 시작했다. 내 영혼이 그 안으로 쑥쑥 빨려 들어가는 느낌이었다.

'아.'

그것은 영혼이 육체로부터 벗어나는 현상, 유체이탈이었다. 하지만 감각마저 사라진 건 아니어서, 모든 걸 확실히 느낄 수가 있었다.

향기로운 꽃냄새, 시원한 바람, 강물이 흐르는 소리 등.

순간 눈을 확 떠보니 나는 낯선 장소에 서 있었다. 여기가 어딘가 살펴보았지만 주변의 자연 풍광만이 눈에 들어올 뿐 아무도 없었다.

제67장

과거로 돌아가다

순간 나는 시공간을 거스른 듯, 과거의 한시적인 장면이 연출되는 장소로 이동되었다. 내가 검술을 배우기 전, 가족과 함께했던 행복한 시절이었다.

아버지, 엄마, 삼촌, 이모에 이어 큰형까지 나서서 나를 설득하기 시작했다. 아침에 시작된 설교는 태양이 뉘엿뉘엿 서산으로 기울어질 때까지 이어졌다.
이처럼 가족, 일가친척까지 나서서 어린애 한 명을 붙잡고 늘어지는 경우는 다른 집안에서는 좀처럼 찾아볼 수 없는 광경일 것이다.

사람이란 태어나고 성장하면서 주변 환경에 의해 그 성향이 바뀔 수밖에 없는 법.

그러나 처음부터 놀고먹고 비생산적인 일상에 목숨을 건 나, 장난마저 심해 늘 말썽을 몰고 다니며 급기야 하루 한 번은 반드시 크고 작은 사건을 일으키는 나의 뒤치다꺼리를 하느라 가족들은 지칠 대로 지쳐 있었다.

센 왕국의 서고에서 일하는 학자 출신 큰형 아르테스, 언제나 그렇듯 오늘도 동생 한번 정신 차리게 하려고 나름대로 열변을 토해내고 있었다.

"너 이 자식. 대체 커서 뭐가 되려고 그 모양이야!"

"어른 되려고 이런다."

두 눈을 동그랗게 뜨고 뻔뻔함의 극치를 드러냈다. 큰형과 무려 열 살 차이가 났지만 나는 한마디도 지지 않고 꼬박꼬박 말대답을 했다.

"대체 네 머릿속은 뭐로 가득 찼기에 틈만 나면 문제만 일으키는 거지? 나이가 이제 열다섯이나 되었으면 뭔가 인생의 목표를 정하고 자기 앞길을 개척해야지."

"너나 잘하세요."

이번엔 삼촌이 아이더에게 호통쳤다.

"그게 무슨 말버릇이야! 버릇없는 녀석 같으니. 네가 어렸을 때 형이 너를 업어 키우다시피 한 거나 알아?"

"알지요. 한 번은 등에 오줌 한 번 쌌다고 개 패듯이 때

리던데요.”

큰형은 뜨끔했다.

다음 지원 사격은 막내 여동생 아린의 차례였다. 그녀는 이제 열두 살에 지나지 않았지만 나이에 비해 매우 조숙했다.

오히려 엄마보다도 잔소리가 많았으니 여동생이 나설 때쯤 되면 조금은 골치가 아팠다.

“오빠! 도대체 왜 사는 거야!”

“그냥.”

“세상에 그냥이라는 게 어디 있어. 나름대로 목적이 있을 거 아냐.”

“나 그런 거 없는데.”

“목적 없는 사람이 어디 있어.”

“여기.”

매번 그렇듯 마지막엔 언제나 인자하신 아버지가 나섰다. 하지만 오늘은 왠지 모를 비장함이 느껴졌다.

“아이더.”

“네, 아버지.”

아버지는 미리 준비해 놓은 가죽주머니 하나를 아들 앞에 내놓았다. 나를 비롯해 가족들은 그게 뭔가 하고 보았다.

“이게 뭔데요?”

“그 안에는 금화가 가득 들어 있다.”

“금화라니요.”

“원래 네 몫으로 떼어 놓은 유산이란다.”

“유산이요!”

“이쯤에서 너에게 미리 주는 것이 좋을 것 같구나.”

나는 뭔가 예감이 좋지 않았다.

“이걸 왜 지금…….”

“그걸 가지고 나가서 네 마음대로 살아 보거라.”

“아버지! 나가라니요?”

“너무 서운하게 생각하지 말거라. 어쩌면 이런 방법이 네게 도움이 될 수 있을 것 같아서. 사실 우리 가문이 그리 내세울 것은 없지만 대대로 학자들을 배출하며 나름의 입지를 굳혀 왔다고 볼 수 있지.

알다시피 큰형과 둘째형은 학자로서 나라를 위해 일하고 있고 네 여동생 역시 틈틈이 학문에 매진하고 있지 않느냐. 그런데 너는 아예 그런 분야에 관심이 없는 것 같고 허구한 날 싸움질이니…….”

아버지는 말을 하면서 목이 멨는지 잠시 허공을 바라보았고 다시 말문을 이어 갔다.

“긴말할 필요 없다. 그걸 가지고 네가 하고 싶은 것을 하거라. 장사 밑천, 혹은 무엇이 되었든 유용하게 사용한다면 지금부터 독립해서 생활하는 데 도움이 될 것이다.”

“…….”

나는 잠시 할 말을 잊었다.

이게 아버지의 마지막 카드란 말인가. 어차피 가능성 없는 아들 녀석, 미리 돈을 쥐여 주고 집 밖으로 내치려는 냉정한 발상.

보통 상황이 이러면 아들은 아버지 바짓가랑이를 붙잡고 눈물을 흘리며 용서를 구하는 것이 보통의 수순. 아마도 아버지는 그것까지 계산하고 일종의 도박을 걸었을지도 몰랐다. 그러나 나는 잠시 금화 주머니를 바라보다가 냅다 그것을 집어 들었다.

"감사합니다요. 큭! 큭!"

아버지의 마음이 바뀌기 전에 나는 그것을 품 안에 넣고 재빨리 현관문을 나섰다.

그렇게 해서 가출 아닌 가출이 성립하게 되었으니, 아버지는 황당한 표정이었고 다른 가족 역시 저마다 어리둥절한 반응들이었다.

고양이에게 생선을 맡긴 꼴이던가. 어머니의 잔소리가 아버지에게 폭발하는 순간이었다.

"당신 미쳤어요!"

아버지는 두 손으로 자신의 머리칼을 움켜쥐었다.

"아! 노후생활을 위해 평생 모아둔 돈인데……."

도박이 쪽박으로 변하는 순간이었다. 어머니가 큰아들에게 다급히 소리쳤다.

"당장 아이더를 잡아와!"

갑자기 내가 왜 과거로 돌아왔는지 어리둥절했다. 하지만 내 눈에 맺힌 눈물, 아! 아버지, 어머니, 그리고 형제자매들. 이미 세상을 떠난 두 형이 너무 보고 싶었다.

분명 아무것도 몰랐던 철없는 시절이 훨씬 더 행복해 보였고 갑자기 그리움이 확 몰려오며 가슴이 메어졌다.

생각해 보니 나는 이기적인 걸 넘어서 아주 못된 녀석이다. 오로지 검술에 대한 열정만으로 가족을 등한시하여 여기까지 왔으니 말이다. 사실 사성의 화합이든 뭐든 내가 제일 보살펴야 할 사람들은 바로 가족이었다.

언제나 마음 내키는 대로 살아온 내 눈앞에 그토록 소중했던 내 아버지와 어머니, 형들과 동생의 모습이 아른거렸다. 홀론의 조각을 찾는 과정에서 왜 내 과거를 들추어내는지 궁금했다.

혹시라도 어떤 연관성이라도 있는 것일까?

그때였다. 또다시 장면이 바뀌었고 나는 검술 학당에서 열심히 수련하는 내 모습을 바라보게 되었다.

파란 물감이라도 쏟아 놓은 듯 청명한 오월의 하늘이었다. 이런 좋은 날, 지상의 풍경도 한몫 거들었다.

도시 한복판, 검술학당의 각 연병장에서 수련에 바둥거

리는 새파란 청춘들, 그들은 훗날 검사가 되기 위해 오늘도 땀을 뻘뻘 흘리며 검술에 매진하고 있었다.

기초반의 주된 훈련 과정은 철저히 기본기를 닦는 일에 목적을 두고 있다. 검을 쥐는 법과 자세, 그리고 반복되는 지루한 동작들.

이얍!

홱!

여러 개의 목검들이 수련용 나무 기둥을 내리쳤고 그때마다 기합 소리가 우렁차게 들려왔다.

대략 백여 명의 기초반 수련생들, 저마다 중급반을 목표로 최선을 다하고 있다지만 빡빡이 머리인 나는 수련 기둥으로 인해 생긴 기둥 형태의 그림자에 반듯이 누워 잠을 청하고 있었다.

태양이 움직이는 동선에 따라 생겨나는 그림자에 정확히 몸을 맞춰 누웠고, 신기하게도 그늘의 이동에 따라 내 몸도 움직이고 있었다.

한두 번 자본 솜씨가 아니었다.

애초 검술에는 관심이 없다는 이유로 내 멋대로 행동하는 게 이번이 처음도 아니지만, 그렇다고 교관이 없는 틈을 타서 다른 동료들이 연습해야 할 장소에 대(大)자로 누워 있는 것은 민폐도 어지간히 민폐가 아닐 수 없었다.

그럼에도 불구하고 그 누구 하나 내게 대드는 아이는 없었다. 이미 나의 싸움 실력과 독종 같은 성깔머리에 호되게 당해 보지 않은 수련생들이 없었기 때문이었다.

더구나 나는 보통 편히 잘 수 있도록 옆에 꼬붕을 하나 세워두고 망까지 보게 했다.

그의 이름은 카이. 그 역시 나와 비슷한 시기에 들어온 신참으로, 남들 수련할 때 망이나 보는 이런 처지에 놓이고 말았던 것이다.

"아이더……."

"왜?"

"교관 올 시간이야."

"조금만 더 자자."

"이번에 걸리면 진짜 혼나."

"설마 죽이기야 하겠어."

"……."

바로 그때였다. 웬 소녀가 갑자기 물통을 들고 오더니 냅다 내 얼굴에다 물을 뿌리는 것이 아닌가.

"웩! 뭐, 뭐야!"

"여기가 자는 데야? 당장 일어나!"

나는 자리에서 벌떡 일어나 주먹부터 쥐었다.

"감히 나한테 물을 뿌려!"

애써 험악한 표정을 짓고 상대를 확인해 봤더니 학장의 딸 헤르인이 아닌가.

“이 신성한 학당에서 네가 하는 짓을 더는 눈뜨고 못 봐
주겠어.”

“도대체 네가 뭔 상관인데, 씨.”

그녀는 현재 중급반 소속이었다. 그럼에도 불구하고 잠
시 틈을 내서 기초반에 내려 온 이유는 내 안하무인격 행동
이 너무 지나쳐 화가 났기 때문이었다.

지금까지 아버지가 운영하는 학당에서 이렇게 버릇없는
애는 처음 봤던가.

나는 몹시 성질이 났지만 차마 그녀를 어쩌지는 못했다.
사내가 여자에게 손찌검을 한다는 것은 그 스스로 절대 용
납이 되지 않는 일이기 때문에.

“꺼져. 잠 좀 더 자야 하니까.”

헤르인온 지지 않고 말했다.

“너 도저히 안 되겠구나.”

“안 되겠으면 어쩌려고?”

그녀는 이미 준비해온 목검 하나를 슬며시 꺼내 들었다.
이에 나는 의아한 눈길을 보냈다.

“설마 그걸로 나를 때리려고?”

“그래.”

순간 난 배를 움켜잡고 마구 웃기 시작했다.

“켁켁!”

“네가 검술을 우습게 보는 모양인데 얼마나 무서운 건지

직접 보여 줄 거야.”

“아이고! 무서버라! 켁켁.”

하지만 이를 지켜보던 수련생들의 눈빛은 전혀 달랐는데, 중급반 소속이자 학장 딸인 헤르인이 직접 나섰기 때문인 듯했다.

사실 기초반의 관점에서 보자면 자신들은 땅이요, 중급반은 하늘인 셈이다.

3년 안에 가장 뛰어난 성적을 낸 두 사람만이 올라갈 수 있는 곳, 이미 중급반 코스를 밟고 있다는 것은 전국 검술 대회 출전 자격을 비롯해 왕국의 검사관 생도 시험을 치를 수 있는 실력을 갖추고 있음을 의미했다.

헤르인은 며칠 후면 중급 코스에서도 고참이 된다. 그런 그녀가 목검을 쥐어 들고 나를 위협했으니 이번엔 뭔 일이 나도 크게 날 것만 같았다.

하지만 내 생각은 전혀 달랐다. 검술의 ‘검’ 자도 모르는 나에게 있어서 기초반이든 중급반이든 거기서 거기인 것처럼 보였던 것이다.

“혼나기 전에 가라. 여자는 때리기 싫거든.”

헤르인이 내 눈을 똑바로 쳐다보며 비장한 말투로 말했다.

“여자라고 무시하겠지만 내가 검을 드는 순간 너 같은 건 그대로 나가자빠져 기절할걸.”

“오잉, 그러셨어! 큭. 아이고! 무서버라. 미안하지만 절대
그런 일 없을걸.”

“만일 나한테 지면 어떡할래?”

“그럼 네가 하라는 건 뭐든지 하지. 하물며 노예라도 되
주지.”

그녀의 눈빛이 번뜩였다.

“그 말에 책임질 수 있어?”

“당연하지.”

“여기 수련생들이 지켜보고 있는데 그 약속 어기지 마.”

“그러니까 지금 나와 대결이라도 해보자는 거야?”

헤르인은 정말 진지했다.

“제대로 된 인간 하나 만들어 보자는 거다.”

“엥? 나 원래 인간인데.”

“어쨌든 네가 진다면 진지하게 검술을 받아들여. 하기야
네 성질머리를 보니 무척이나 억울해하겠지. 그리고 나한테
두들겨 맞고 분통이 터져서 나중에 복수라도 하고 싶으면
검술을 배워서 정정 당당하게 도전해. 얼마든지 받아 줄 테
니까.”

“어라, 이거 왜 이러셔. 벌써 이기기라도 한 것처럼.”

스윽.

목검을 들어 올려 자세를 잡는 헤르인, 나 역시 두 주먹
을 쥐고 격투 자세로 고쳐 잡았다.

우리 둘 사이에 불꽃 튀는 눈빛이 오갔으며 이 흥미진진한 구경거리를 놓치지 않으려고 몰려든 수련생들 때문에 도장은 북새통을 이뤘다.

"헤르인! 저 빡빡이 자식을 된통 혼내 주라고."

"무식한 놈은 무조건 때려잡아야지."

"맞아. 우리가 그동안 당한 거 생각하면 정말이지 분통이 터져!"

평소 나에게 원한이 쌓인 수련생들이 제법 많았던가. 웅성거리는 소리를 듣고 가만있을 리 없었다.

"대결 끝나고 너희들 모두 다 주거써! 씨."

그때였다. 헤르인의 목검 공격이 시작되었으니.

횙.

나비처럼 날아서 벌처럼 쏘다…….

목검은 마치 나를 침입자로 간주한 벌의 침처럼 꼭꼭 쏘아대기 시작했다.

폭!

"아얏!"

왼쪽 어깨에 한 방, 연이어 복부에 두 방째.

나는 미처 피하지도 못하고 그대로 공격을 당해야만 했다.

얕봤던 게 실수였던가. 그저 여자애가 막대기 하나 잡고 설치는 정도인데 뭐, 처음엔 예의상 맞아 줄 수 있었다.

"나를 찔렀겠다."

"바보야. 그거는 몸통 찌르기 연속 이단 공격이라는 거야."

"어디 다시 한 번 덤벼보시지."

"원한다면."

나는 이번만큼은 두 눈을 똑바로 뜨고 헤르인의 공격에 집중했다.

원래 타고난 싸움꾼인지라 그저 동물적인 감각, 아니, 본능과 눈썰미에 의존해 상대에게 역공을 가하는 것이 나의 장점이 아니던가.

그런 나를 약 올리기라도 하듯 그녀는 검끝을 빙빙 돌리며 여유를 부렸다. 물론 내가 이런 도발에 가만히 앉아 있을 성질머리가 아니었으니.

"이얏!"

선제공격 한 방, 운동신경에 있어선 타의 추종을 불허하는 내가 헤르인을 향해 주먹을 그대로 뻗었다.

홱!

스윽.

순간, 헤르인은 보법을 이용해 한 걸음 뒤로 빠지는 동시에 상체를 젖혀 내 주먹을 가볍게 피했고, 오히려 그녀의 검끝이 내 이마를 다시 꼭 찔렀다.

"악!"

너무 고통스러워서 두 손으로 얼굴을 감싸고 괴로워할
수밖에 없었다.

"아아아."

"엄살 부리지 마. 살짝 건드린 것뿐인데."

화가 머리끝까지 치밀어 올랐고 급기야는 팔소매까지 걷
어 올렸다.

"좋아. 어디 한번 본격적으로 붙어볼까."

"마음대로."

"여자라고 봐주기 않을 거다."

"제발 그렇게 하시지."

"주거써! 진짜."

수많은 실전 격투에서 익힌 싸움 솜씨에 담력 또한 만만
치 않은 나였지만, 지금은 무척이나 자존심이 상했고 약이
바짝 올라와 있는 상태였다.

더군다나 이곳 연병장에는 백여 명의 수련생들이 저마다
눈깔을 까뒤집고 우리의 대결을 관전하고 있는 상황이었
다.

또다시 망신을 당한다면 이건 나의 사전에 있을 수 없는
일. 하지만 흥분은 금물이다.

타다닥!

코뿔소처럼 무지막지하게, 급작스럽게 달려든다면 분명
그녀는 당황할 것이다. 그 틈을 이용해 주먹 한 방으로 결

판을 낼 작정이었다.

"이얏!"

획!

그와 동시에! 더 빠른 동작으로 내 허벅지, 그리고 내뻗은 내 팔을 디딤돌 삼아 나비처럼 가볍게 공중으로 도약하는 헤르인. 거기서 끝났으면 좋았으련만…… 어느새 나의 등 뒤쪽으로 훌쩍 넘어와 뒤통수를 정통으로 가격해 버렸다.

결국 나는 그대로 앞으로 고꾸라지고 말았다.

"아고고고고!"

마치 마취된 개구리 한 마리가 경련을 일으키는 것처럼 나의 온몸이 사시나무 떨듯 떨렸다.

이를 지켜보던 수련생들은 저마다 감탄사를 연발했으니, 조금 진 헤르인이 보여 준 발검 동작 때문일까.

기초반에서는 상상조차 할 수 없는 고난이도의 도약 검술, 상대방의 신체를 이용한 보법으로 뛰어올라 후방 공격을 감행한다는 것은 웬만한 실력 아니고는 감히 시도조차 할 수 없는 그런 것이었다. 이번엔 아직도 바닥에 대자로 엎드려 있는 내게 시선이 집중되었다.

"붉은 머리 원숭이가 뻗었다."

"하하. 저 바둥거리는 꼴 좀 봐."

"아마 못 일어날걸. 대가리를 정통으로 맞았으니까."

"쌤통이다. 빡빡이! 후후."

그들은 마치 자신들이 승리라도 거둔 것처럼 무척이나 좋아했다. 하지만 정작 대결에서 승리한 헤르인의 표정이 조금은 어두웠다.

'내가 너무 심했나.'

어찌 보면 그랬다. 중급 과정의 수련생이 무방비 상태의 일반인을 목검으로 공격한다는 것은 너무한 일이었다.

그래서였을까. 마음씨가 고운 그녀는 나의 상태가 궁금한 듯했다.

그녀는 조심스럽게 다가와서 나를 살피기 시작했다.

"괜찮아……."

바로 그 순간, 다 죽어 가던 나는 눈을 번쩍 떴고 잽싼 손놀림으로 그녀의 발목을 잡아 넘어트렸다.

"헤헤. 속았지!"

"헉!"

꽈당!

그대로 뒤로 넘어지는 헤르인.

여기저기에서 야유가 쏟아졌다.

"비겁한 자식!"

"진짜 치사하네."

사실이 그랬다.

나는 싸움만 잘하는 것이 아니라 이기기 위해서는 수단과 방법을 가리지 않는 그런 인간이었다. 뒤통수에 커다란 혹이 생길 만큼 그녀의 공격으로 인한 충격이 적지 않았다.

하지만 이처럼 좋은 기회가 어디 있겠는가. 저 건방진 여자애를 한 방에 제압할 수 있는 절호의 찬스.

"아싸!"

홱!

그대로 몸을 날려 주먹부터 내리꽂았다.

하지만 주먹이 헤르인의 코앞에 닿기도 전에 뭔가에 대롱대롱 매달려 허공에 떠 있는 기분이었다. 곧이어 복부로부터 통증이 느껴져 왔으니.

"우욱."

헤르인은 넘어짐과 동시에 상대의 공격 의도를 파악했고 그저 검을 수직으로 세웠을 뿐이었다.

먹잇감은 자기가 알아서 그 검에 꽂혀주었고 나는 지금처럼 꼬치구이 신세가 되고 말았던 것이다.

비록 목검이지만 치명적이 한 방. 온몸을 실어 던진 그 체중의 가속도에 의한 목검과의 상관관계, 굳이 답을 내리자면 이 대결은 누가 봐도 끝인 것이다.

쿵!

옆 바닥으로 떨어져 대자로 또다시 뻗어 버렸다. 이번엔 그 고통이 얼마나 컸는지 입가에 게거품까지 흘러나왔고, 반 실신 상태에 이르렀다.

장면은 거기서 끝이 났다. 검술을 배우기 전, 학장의 딸에게 호되게 당했던 장면들. 이 또한 갑자기 왜 내게 보이는 건지 의아했다.

아득히 먼 옛일이지만 당시의 기억을 생생하게 떠올릴 수 있었다. 마치 그 시절, 검술 학당에 가 있는 기분이었다.

바로 그때였다. 장면이 또다시 바뀌면서 다시 학당 전경이 나타났다.

내가 바라보고 있던 과거의 어린 아이더는 문밖으로 나가더니만 밀짚모자를 쓴 낯선 사내에게 말을 걸었다.

"아저씨는 누구세요?"

"……"

누더기 망토를 걸친 팔 없는 괴인.

콜록콜록.

폐병에 걸린 듯 기침마저 심했다. 그런 그가 왜 어린 아이더 앞에 나타났는지 궁금했다. 나는 조금 더 가까이 가서 살펴보기로 했다.

"아이더……콜록콜록!"

"아저씨는 누구기에 내 이름을 알죠?"

"네 이름이야 잘 알지."

"근데 뭔 일이죠? 뭐 할 말이라도 있어요?"

"아이더. 지금부터 아저씨가 하는 말 명심해라."

"뭘요?"

"앞으로 네가 자라면 이곳을 떠나 새로운 세상으로 가게 될 것이다."

어린 아이더가 고개를 갸웃했다.

"새로운 세상이라니요?"

"콜록콜록. 그리고 너는 홀론의 조각을 얻어야만 하는 운명이 될 거다. 하지만 명심해라. 그걸 얻기란 절대 불가능하다는 것을 말이야."

"홀론의 조각이 뭔데요."

괴인은 깊은 한숨을 내쉬었다.

"후. 그 세상에는 절대 존재하지 않는 것이지. 나는 그것들을 찾기 위해 무수한 노력을 들였지만 결국 소용없는 일이었어."

어린 아이더는 별 재미 없다는 듯 시큰둥한 반응을 보였다.

"아저씨 좀 이상하네요. 혹시 돌았어요?"

"돌았지. 내가 아니라 세상이 돌았단다. 아주 미쳐도 단단히 미쳤지."

"미친 건 세상이 아니라 아저씨 같은데요. 그리고 우리 언제 봤다고 자꾸 아는 척해요. 저요, 이제 수련할 시간이니까 학당에 들어가 봐야 해요."

어린 아이더는 냅다 문 안쪽으로 홱 들어갔다. 그런 그를 뒤에서 바라보는 밀짚모자를 쓴 괴인.

때는 무더운 여름철인지라 괴인의 옷은 흠뻑 젖어 있었다. 그는 잠시 후 모자를 벗더니만 하늘을 우러러 탄식했다.

"흠. 과거로 돌아온들 이미 정해진 운명은 거역할 수 없던가. 내 동료들이 허무하게 죽음을 맞이했고 내 사랑 베아트리체마저 그놈에게……."

순간 나는 내 눈을 의심했다.

괴인을 가만히 살펴보니 매우 낯익은 모습이었기에. 길게 늘어트린 머리카락 사이로 보이는 일그러진 얼굴, 비록 수염이 자라 있고 애꾸눈에 한쪽 팔이 없다지만 나는 그를 알고 있었다.

바로 나라는 것을!

'어떻게 이런 일이.'

그리고 불현듯 떠오르는 기억.

맞다, 나는 학당 수련을 시작하기 전에 어떤 괴인을 만난 적이 있었다. 당시에는 그냥 미친 사람인가 보다 하고 대수롭지 않게 지나쳤지만 이제 와 생각해 보니 방금 본 상황이 어렴풋이 떠오르는 것 같았다.

헤르인과의 대결에서 진 후 울적한 마음을 달래기 위해 잠시 학당 밖으로 나왔을 때, 한쪽 팔을 잃은 괴상한 아저씨를 만났던 것이다.

왜 그때 장면이 지금 내게 보이는 것인가. 더구나 홀론의 조각을 찾을 수 없다니.

또 다른 나는 이런 말을 했다.

"흠. 과거로 돌아온들 이미 정해진 운명은 거역할
수 없던가. 내 동료들이 허무하게 죽음을 맞이했고
내 사랑 베아트리체마저 그놈에게……."

더 앞선 미래의 내가 과거로 돌아와 어린 아이더에게 한 말은 절망 어린 탄식이었다.

불안했다. 아니, 가슴이 미어지는 느낌이었다. 동료들이란 아마도 테디우스와 가르시아, 레이카니안을 말하는 것일 테고 베아트리체마저 언급이 되었으니, 나로서는 이만저만 애가 나는 것이 아니었다.

결국 홀론의 조각들을 얻지 못한 채 저 괴인처럼 폐인이 되어 그대로 삶을 마감하는 것인지…….

바로 그때였다. 장면이 다시 바뀌는 것이 아닌가.

파팟.

이번엔 또 어떤 과거의 장면이 펼쳐질지 모르지만 일단은 눈앞에 보이는 것에 집중하기로 했다.

이곳은 비밀 정원, 연못 한가운데에서 나는 숨을 죽이고 가만히 서 있었다. 투명한 물밑에는 관상어들이 떼를 지어 한가로이 유영하고 있었다.

나는 모처럼 만에 머리도 식힐 겸 그물망을 들고 와서 물고기들을 낚을 생각이었다.

"흐흐."

벌써부터 군침이 흘렀다. 그저 보고 즐기는 관상어야말로 세상에서 가장 맛있는 물고기라는 사실을 그 누가 알 리요.

첨벙.

"아싸!"

사람들이 던져준 먹이만 잔뜩 처먹어서 그런지 하나같이 뚱뚱했고 그 유영 동작도 매우 느린지라 그저 그물망을 던지는 것만으로도 두세 마리는 너끈히 건져 올릴 수가 있었다.

탁! 탁! 탁!

잡은 물고기를 땅바닥에 내동댕이쳐 기절시킨 후 다음 고기를 낚으려고 하던 그때.

"나쁜 놈!"

어디서 듣던 익숙한 목소리, 시녀복 차림의 한 소녀가 기다란 막대기를 들고 이쪽으로 뛰어오고 있는 것이 아닌가.

순간 나는 깜짝 놀랐다.

"쟤는 또 뭐야! 젠장."

지난번 물에 빠진 걸 낚싯대로 구해 줬던 바로 그 성질 고약한 시녀가 아닌가.

“나쁜 놈아! 세상에 관상어를 구워 먹는 놈이 어디 있다고 그래. 이 잔인한 놈!”

달리기도 엄청 빨랐다. 어느새 긴 장대를 들고 내 머리를 겨누고 있었으니, 나는 미처 도망갈 틈도 없이 그대로 물속으로 뛰어들었다.

첨벙.

시녀는 다름 아닌 공주 베아트리체였다. 틈만 나면 자신만의 비밀 정원에 몰래 숨어 들어와 관상어들을 낚아가는 파렴치범. 이번엔 숨어서 내가 오기만 기다렸고 마침내 본때를 보여 주려고 마음을 단단히 먹었던 것이다.

“잠수한다고 내가 못 잡을 줄 알아!”

“……”

아니나 다를까. 조금 시간이 지나자 문어 대가리 같은 것이 물 위로 살짝 뜨는 것이 아닌가. 공주는 기다렸다는 듯 장대로 인정사정없이 그대로 갈겨 버렸다.

탁!

첨벙

한 방 맞은 나는 바로 다시 잠수했다. 공주는 정확히 빡빡머리를 가격한 것에 대해 매우 기뻐했다.

“호호, 너 오늘 잘 걸렸다!”

숨을 참는 것도 한계가 있는 법. 잠시 후 다시 수면 위로 떠오르는 내 머리.

탁!

첨벙!

또다시 정통으로 맞았다. 나는 다시 잠수했다. 그러기를 서너 차례, 내 머리통에 혹이 커다랗게 생겨 육안으로 확인할 수 있을 정도였다.

공주는 잠시 불안했다. 아무리 상대가 잘못했다고 하더라도 자기가 너무 심했던 게 아닌가 하는 생각에서 말이다. 그리고 시간이 조금 더 흘렀지만 아까 전에 잠수했던 그가 좀처럼 수면 밖으로 나올 생각을 하지 않는 것이었다.

"……."

공주는 잠시 장대를 바닥에 내려놓고 연못을 살폈다. 역시나 아무런 인기척이 없었다.

"왜 안 나오지?"

혹시라도 머리를 너무 세게 맞아 기절이라도 한 건 아닌지…… 순간 그녀는 가슴이 철렁했다.

"이봐!"

"……."

"빡빡이 검사. 괜찮은 거야?"

"……."

여전히 별 반응이 없자 급기야 그녀는 이름을 불렀다.

"아이더!"

공주는 지난번 자신의 근위대를 선출하는 교전 시합의

우승자들 여섯 명에 대해 잘 알고 있었다. 물론 내가 그 여섯 명 중 하나라는 사실도. 만에 하나 여기서 무슨 일이라도 생긴다면 자신의 근위대 한 명을 공주 자신이 저세상으로 보내 버렸다는 오명을 뒤집어쓸지도 모르는 일이었다.

그래서인가. 그녀는 냅다 연못 속으로 뛰어들더니 정신없이 물밑을 휘저으며 나를 찾기 시작했다.

"빡빡이! 아니…… 아이더!"

첨벙첨벙.

그녀의 마음은 다급했다.

그녀는 내가 기절한 채 물밑 어딘가에 가라앉았다고 생각했다. 그런데 원래 사람이 죽으면 수면 위로 떠올라야 하는 것이 아닌가. 그때 물가 뒤쪽에서 들려오는 웃음소리.

"큭."

고개를 돌려 보니 햇빛에 번들거리는 빡빡머리에 하얀 치아를 드러내 놓고 자신을 빤빤하게 쳐다보는 내가 있었다.

공주는 잠시 멍했다.

"너, 너……."

나는 어느새 그물망에 갇힌 관상어들을 어깨에 둘러메고 도망갈 준비를 하고 있었다.

공주가 외쳤다.

"너, 너 거기 서!"

"내가 미쳤냐. 큭."

“나쁜 놈!”

“그럼 이거 잘 먹을게.”

후다닥! 그대로 달아나 버리는 나. 공주는 물속에서 나올 생각도 못 하고 그저 어리둥절한 표정만을 지을 뿐이었다.

잠시 후 그녀가 한숨을 내쉬었다.

“후우, 저런 애가 내 근위대원이라니…….”

그러고는 갑자기 재밌다는 듯 미소를 짓는 것이었다.

“후후. 아무튼 진짜 웃긴 애야. 궁정이 마치 자기 안방이라도 되는 것처럼 활개치고 다니다니. 아마도 내가 공주라는 걸 알면 기절초풍을 하겠지? 어디 그때 가서 보자.”

그녀는 물에 흠뻑 젖은 드레스를 질질 끌며 별채로 향했다. 그러고는 무슨 이유인지 가다 말고 고개를 갸웃거렸다.

“근데 설마하니 쟤가 근위대장이 되는 건 아니겠지?”

아무리 공주라지만 근위대원도 아닌 대장을 함부로 대할 수는 없는 법. 혹시라도 빡빡이 검사가 근위대장이 된다면…….

“아냐! 절대 그럴 리는 없을 거야. 이카루스와 테디우스 같은 유력한 우승 후보를 제치고 저런 녀석이 근위대장이 될 리는 없겠지.”

장면은 일단 거기서 멈추었다.

공주 베아트리체와 내가 처음 만났던, 그때의 즐거운 추억을 절대 잊을 수가 없었다.

아마도 그때부터 그녀와 나는 만나야 할 운명이었음을 이제야 알 수 있었다. 분명하다. 우리가 만난 건 우연이 아닌 필연이었다. 그런데 왜 그때의 장면이 지금 내게 보이는 것일까.

바로 그때였다. 베아트리체 앞에 나타난 정체불명의 사내, 그는 누더기 망토에 밀짚모자를 쓴, 바로 미래의 나였다.

공주는 갑자기 자신 앞에 나타난 괴인을 보고 소스라치게 놀랐다.

"누, 누구세요!"

"안심하세요. 저는 공주를 해치러 온 사람이 아닙니다."

"여, 여기는 궁궐인데 어떻게 들어온 거죠?"

괴인은 무릎을 꿇고는 조심스럽게 말했다.

"공주가 마지막 희망일 것 같아 지푸라기라도 잡고 싶은 심정으로 이렇게 무례를 무릅쓰고 왔습니다."

공주는 두려움과 공포에 떨었다.

"당장 호위 무사들을 부를 테니 당장 나가요!"

"안심하십시오. 그저 내 말을 들어 주시기만 하면 됩니다."

공주는 극도의 긴장 상태에서도 위엄을 잃지 않으려 했다.

"무슨 말이죠?"

"느닷없이 이런 얘기를 한다면 제가 미친 줄 알겠지만 공주님께서는 오늘 연못에서 본 아이더라는 소년과 운명적으로 연결되어 있습니다."

공주는 어리둥절했다.

"운명이라니요? 설마 그 빡빡머리 소년하고요?"

"당장은 무슨 말인지 받아들이기 힘드시겠지만 사실이 그렇습니다."

공주는 그만 피식 웃고 말았다.

"말도 안 되는 소리네요! 나는 공주라고요, 공주. 아무리 내가 제정신이 아니라지만 그런 애한테는 전혀 관심이 없거든요."

괴인은 비장한 표정으로 공주를 바라보며 얘기했다.

"지금부터 제가 말하는 것을 명심해서 들으셔야 합니다."

공주는 상대가 미친 자라 확신하고 소리를 지르려 했다.

"당장 무사들을 부를 테니 그만 가주세요!"

"공주님. 훗날의 그대에게 부탁할 일이 있습니다. 공주님의 운명이 뒤바뀔 수 있는 중대한 일이며 또한 제 마지막 소원이기도 합니다. 제 말을 가벼이 넘기지 마시고 새겨들으셔야 합니다."

물론 공주가 그의 말을 곧이곧대로 들을 이유가 없었다. 헌데 먼 미래의 내가 공주에게 최면을 걸어 그녀의 귓속에 뭐라 속삭이는 것이었다.

제삼자로서 바라보는 나는 그 내용을 들을 수가 없었다. 공주는 어쩔 수 없이 그의 얘기를 듣게 되었는데, 곧 표정이 이상하게 변했다.

잠시 후 괴인은 할 말을 다 했는지 그 자리에서 사라져 버렸다. 제정신을 차린 공주는 멍하니 허공을 올려다보았다. 마치 크나큰 충격이라도 받은 것처럼 말이다.

나는 궁금했다.

도대체 미래의 내가 공주에게 무슨 말을 했는지 말이다. 그리고 이 장면이 왜 내게 보이는지도 혼란스러웠다.

순간 장면이 바뀌었다.

눈을 떠보니 내 앞에는 제인피어와 테디우스, 가르시아, 그리고 레이기니안이 보였다.

다시 현실로 돌아왔던가?

제인피어가 물었다.

"아이더 님. 괜찮으세요?"

나는 잠시 멍한 기분이었지만 이내 정신을 차렸다.

"괜찮습니다."

그녀는 다시 물었다.

"현자의 검이 당신에 뭘 보여 주었지요?"

"……"

나는 당장 대답할 마음이 생기지 않았다. 암울한 미래를 이들에게 말할 용기가 나지 않았기 때문이었다.

테디우스 역시 궁금한 표정이었다.

"도대체 뭘 봤기에 표정이 그리 어두워."

이번엔 가르시아가 말했다.

"홀론의 조각들은 찾을 것 같소?"

나는 잠시 침묵을 지켰다. 그런 내 모습에 일행은 저마다 불안한 표정을 지어 보였다.

그때 제인피어가 갑자기 내가 들고 있던 현자의 검을 바라보더니만 알 수 없는 얘기를 했다.

"아마도 현자의 검은 당신에게 어떤 힌트를 보여 주었을 겁니다. 물론 그 내용을 저희한테 말하지 않아도 됩니다."

가르시아가 껴들었다.

"그 힌트라는 것이 홀론의 조각들을 찾는 데 필요한 단서겠지요?"

그러자 레이카니안이 남편을 말렸다.

"그만 좀 해요. 아이더 님을 보니 많이 피곤하신 것 같은데 일단 숙소에 들어가 쉬시는 것이 나을 것 같군요."

제인피어 역시 고개를 끄덕였다.

"그럼 일단 오늘은 다들 각자의 방에서 가셔서 휴식을 취하세요."

반전의 서막

이곳은 페른 지방으로, 홀론 대륙의 드넓은 평원들 중 하나이다. 나로서는 처음 와보는 곳이지만 짙푸른 풀밭 위에 펼쳐진 엄청난 전장의 모습에 절로 흥분이 솟아올랐다.

테디우스가 이끄는 위대한 드라고나 종족이 거대한 괴수로 변해 하늘을 새까맣게 뒤덮고 있었는데, 그들이 대지를 향해 불길을 쏟을 때마다 마물들이 재로 변했다.

이어지는 가르시아와 레이카니안의 공격으로 그 주변의 적들이 끝없이 죽어 나갔다. 수가 어찌나 많은지 그들의 시체가 산을 이루고 그 피가 강물을 만들어낼 정도였다.

나 역시 마법 전서의 28개 통합 전투 기술을 사용해 밀물처럼 밀려오는 적들을 향해 정신없이 공격을 가했다.

파파파팟.

컥! 컥!

페른 지방은 마물의 영역으로 들어가는 초입 구간이자 제3의 방어진이 들어서 있는, 전략적으로 매우 중요한 지역이다.

특히 번식력 높은 마물의 숫자는 가히 광활한 초원을 덮을 만큼 어마어마했는데, 우리의 강력한 전진 공격으로 수십만에 달하는 그것들이 바람에 휘날리는 낙엽처럼 쓰러져가고 있었다.

전투의 양상은 이미 아군에게 기울어진 지 오래, 끝없는 벌판의 지평선을 향해 전진, 또 전진하며 그 영역을 점차 확보해 나가고 있었다. 이에 마물들은 매우 당황했다. 도대체 하늘에서 자신들을 공격하는 괴수의 정체가 뭔가 하고 혼비백산하며 후퇴하느라 정신이 없었다. 그들이 드라고나라는 걸 알았다면 기절초풍했으리라.

또한 인간 출신인 사성의 전투력은 그 얼마나 강했던가. 내가 직접 바라보는 가르시아와 레이카니안의 전투 기술은 가히 대지를 진동시킬 만큼 대단했다.

궁극의 경지에 이른 가르시아!

획!

쾅!

카아악!

그가 가볍게 휘두른 검으로부터 검기가 뻗어 나가면 전방 지평선까지 그 힘이 이어져 마물들은 몸통이 갈라져 피를 토하고 죽는다. 그 숫자만 한 번에 수백 마리였다.

각기 다른 방향으로 몇 번을 휘두를 때마다 수천 마리의 마물들이 맥없이 쓰러져 가는 셈이니, 이는 가히 인간의 한계를 넘어선 궁극의 검술이 분명했다.

궁극의 검술은 내면의 절대 힘이라고도 한다. 물리적인 힘이 아닌 인간 의식의 결집을 이룬 상념 기술이랄까. 그의 검은 단순한 검이 아니라, 인간의 상념과 결합된 강력한 병기였다. 가르시아의 표정은 여유롭기까지 하다.

"하하하. 얼마든지 오너라."

왝.

쾅!

컥! 컥! 컥! 컥!

과연 그는 사성에 낄 자격이 충분하고도 남았다.

바로 그 옆에서 또 하나의 신기를 구현하는 신검여제 레이카니안. 그녀는 남편을 훨씬 뛰어넘는 수준의 막강한 전투력을 선보이고 있었다.

휘리리릭!

휘잉!

파파파팟.

아아아아아!

자연의 힘을 이용한 검술!

이처럼 드넓은 초원 위에 자란 풀들이 저절로 뽑혀 강력한 무기로 돌변하니, 적들은 고슴도치가 되어 우후죽순 고꾸라졌다. 그녀의 주변으로 일정 반경이 초토화되었고, 한 걸음 움직일 때마다 풀들은 표창이 되어 허공에 흩뿌려졌다.

가르시아와 레이카니안에게 몰려드는 마물들의 절규와 비명 소리가 평원에 메아리처럼 울려 퍼졌다.

그 둘은 이미 인간의 경지를 넘어선 초월적 존재나 마찬가지였다. 인간계에 있을 때부터 독보적인 수준에 오른 그들은 한층 더 깊은 경지에 이르러 오늘날 홀론의 대륙에서 무시무시한 전투를 선보이니, 과연 사성의 화합을 이룰 매우 중요한 존재라고 할만했다.

하지만 놀랄 일은 따로 있었다.

테디우스의 가공할 만한 기도 앞에 내 입은 절로 헤 벌어졌다.

그는 아예 전투에 임하지도 않았다. 그저 소풍 나온 어린아이처럼 들판을 거닐 뿐이었다.

하지만 거대한 산맥을 보는 듯했다. 그가 걸음을 내딛기 무섭게 불길이 솟아올랐고 신체에서 절로 발산하는 엄청난 흑색 기류는 바람에 휘날리는 안개와도 같이 주변에 지독한 독성을 내뿜고 있었다. 그렇기에 지나가는 곳마다 적들이 섬멸되는 장면을 연출하니, 그야말로 진정한 괴물이었다.

테디우스는 무기를 휘두른다는 행위조차 귀찮아했다. 그저 팔짱을 끼고 유유히 앞으로 나가는 것만으로도 적들은 두려움과 공포에 떨어야만 했다.

쩌벅쩌벅.

어디 그뿐이랴. 한 걸음 내디딜 때마다 지진이라도 난 것처럼 대지가 갈라져 수많은 마물들이 깊은 틈 사이로 빨려 들어갔다.

우두둑.

"살려 줘!"

심지어 상공을 휘젓고 그에게 공격을 감행하려 하던 마물들의 공중 부대, 마룡들조차 그의 몸에서 뻗어 나오는 흑색 기류에 맥을 추지 못하고 지상으로 추락하기 시작했다.

더군다나 하늘은 이미 드라고나들이 거의 장악을 한 상태인지라 악마의 형상을 하고 날개 짓는 무리들은 거의 전멸에 이르게 되었다.

나는 그러한 광경에 스스로가 한없이 작아지는 느낌이었다. 한때 인간계에서 나름대로 강력한 전투 능력으로 위명을 떨쳤던 내가 이곳에서는 그저 일반 병사, 아니, 정확히는 그저 싸움 잘하는 전사 정도에 불과했다.

마법 전서 28개의 통합 기술이 결코 약하지 않았지만 그들에 비하면 한없이 뒤처지는 기분이었다. 하지만 나 역시 혼신의 힘을 다해 전투에 임했다.

화르르.

쿵! 쿵!

"컥! 컥!"

이런 대규모 전투에서 가장 쓸모 있는 것은 바로 불벼락 기술이랄까.

메테우스

시뻘건 용암 덩어리가 군집한 적들 한복판에 우박처럼 떨어져 불바다를 이루었다. 마법 전서 최후의 기술로, 그중에서도 위력이 가장 강한 파괴적인 마법이었다.

하지만 마나와 체력 소모가 컸기에 무한정 시전할 수는 없었다. 마나가 제법 소모되었다고 느꼈을 때, 나는 적들의 중앙으로 돌진해서 검을 휘두르기 시작했다.

파파파팟.

"컥! 컥!"

마나를 쓰지 않는 물리적인 검술이므로, 내 검이 상대의 피부에 닿아야 피를 토해내게 만들고 숨통을 끊어 놓을 수가 있었다. 마법 전서에 비해 그 위력은 약했지만 적들을 섬멸하는 과정의 짜릿한 손맛은 더욱 강렬했다.

아군의 대대적인 합동 공격에도 불구하고 적들의 기세는 쉽게 꺾이지 않았다. 이유인즉, 끝없이 밀고 들어오는 인해 전술 앞에선 제아무리 강한 힘조차 버거울 때가 있는 법이었다.

하늘을 장악한 드라고나의 화염이 그들을 불태우고 또 태웠다. 나를 비롯한 사성의 숨 가쁜 전투 현장에는 수도 없는 마물들의 시체가 쌓이고 또 쌓였다.

그럼에도 불구하고 이 전쟁은 언제 끝날지 모를 정도로 치열해져 갔다.

아쉬운 일이지만 우리에게는 소수의 정예 병력만이 있을 뿐, 일반 병사들이 없었다. 적어도 인간계에서 몇 개의 제국 군단만 합류했다면 아마도 평원의 끝자락까지는 무리 없이 도달해 있지 않았을까 하는 생각이 늘었나.

같은 시각, 마물 본영.

붉은 뿔이 달린 한 존재와 그 옆으로 로브 차림의 노인이 보였다. 그들은 바로 마족의 수장 하마스와 고대 전사의 수장 파탄이었다.

앞서 벌어진 그 모든 전투 광경을 목격하고는 매우 상기된 표정들이었다. 하마스가 말했다.

"대단하군요. 모처럼 만에 보는 엄청난 전투요."

그의 말에 파탄이 고개를 끄덕였다.

"그렇소만……."

그는 말하다 말고 다소 심각한 표정을 지어 보였다.

"드라고나 종족이 출현하리라고는 예상치도 못했건만. 대체 저들이 왜……."

하마스는 빙그레 미소를 지어 보였다.

"허허. 뭐 새삼스러운 일도 아니오. 용족의 간계에 걸려들어 결계 지역에 갇힌 지가 수천 년이 되었으니 그 얼마나 한이 많았겠소. 저들이 세상 밖으로 그 모습을 드러내는 동시에 다른 모든 생명체들을 적으로 간주하리라는 것은 이미 예견되었던 일 아니오."

파탄은 여전히 납득이 가지 않는 듯 고개를 좌우로 흔들었다.

"흠. 그렇긴 하지만 지금 내가 궁금한 건 어떻게 저들이 결계 지역을 빠져나왔느냐 하는 것이오."

그때 하마스가 드라나고나를 진두지휘하는 한 인물을 손가락으로 가리켰다.

"저들을 이끄는 지도자 때문이 아닌가 하오."

파탄 역시 그가 가리키는 한 존재를 살폈다. 온통 검은 군장에 망토까지도 까맸다. 하마스의 말대로 그는 지휘봉을 이리저리 흔들며 공중에 있는 모든 드라고나에게 공격 지시를 내리고 있었다.

"대체 저자는 누구요? 세상에 드라고나를 지휘할 수 있는 자가 존재하리라 보오?”

하마스는 파탄을 바라보며 이해가 되지 않는다는 표정으로 물었다.

“그대가 내게 보여 준 베르크의 전서에 나와 있는 예언 내용대로라면 그다지 놀랄 일도 아니지요. 설마 그 글귀를 기억하지 못하는 건 아니겠죠.”

그제야 파탄의 눈빛이 번쩍했고 뭐라고 중얼거렸다.

“아! 그 내용 말이요?”

—인간계에서 사성의 화합으로 인한 네 명의 용자들이 등장할 때, 그 누구도 예상치 못한 존재들이 그들을 도와주리라.

“그 예언대로라면 드라고나 종족이 출현을 했다는 건 곧 저들 중에 사성이 있다는 얘기지요.”

하마스는 다시 전장으로 눈길을 돌렸다.

“보시오. 현재 독보적인 전투 기술로 우리 아군을 유린하고 있는 네 명의 존재들을 말이오. 내가 보기에는 저들이 사성인 것 같은데⋯⋯.”

파탄 역시 그 말에 이제야 동의를 했다.

“저들이 인간이라는 것이 믿어지지 않소.”

“나 역시 마찬가지요.”

그 둘은 잠시 저들의 놀라운 전투 광경을 살피기 시작했
다.

그로부터 잠시 후.

하마스가 파탄에게 말했다.

"점점 저들의 기세가 강해지고 아군이 밀리는 상황인데,
이제 우리가 나서야 할 때가 아닌가요?"

그러자 파탄은 고개를 가로저었다.

"글쎄요. 그대나 나나 각각 홀론의 조각을 얻어 강해졌
다고는 하지만 우리 둘이 나선다고 이 전투에서 반드시 이
기리라는 보장은 없는 것 같소."

그러자 하마스는 웃고 말았다.

"하하하. 이기리라는 보장이 없다고요? 설마 우리 둘이
저들을 당하지 못할 거라고, 진짜 그리 생각하는 거요?"

파탄은 한숨을 내쉬며 말했다.

"내 말은 조금 더 신중하자는 거요. 그리고 현재 드라고
나를 이끄는 저자는 기류의 특성을 볼 때 홀론의 힘을 취한
것 같기도 한데……."

"설마 저 인간이 홀론의 조각을 얻기라도 했다 말인가
요?"

"그런 생각이 드오. 어쨌든 오늘은 이쯤에서 퇴각 명령을
내리는 것이 좋을 것 같소. 드나고나 종족의 위력도 무시
못 할 것 같고, 사성의 진정한 힘이 어디까지인지조차 모르

는 상태가 아니오. 그러니 일단 조금만 더 두고 보고 나중에 나와 그대, 그리고 용족의 신성 제릭과 테라 종족의 헤르가탄이 모두 모였을 때 제대로 전쟁을 치릅시다.”

하마스는 고개를 절레절레 흔들었다.

“그대는 생각보다 소심한 것 같소. 아니, 겁이 많다고나 할까.”

“그대가 뭐라고 놀려대도 상관없소. 다만 내가 진정 두려워하는 것은 베르크 전서에 나온 예언 내용이오. 우리가 지금 나서서 저들과 맞불 공격을 벌여 쉽게 승리를 쟁취할 정도였다면, 베르크 전서에선 결코 저 네 명의 인간 용자에 대해서 언급하지 않았을 것이오.”

“걱정도 팔자라더니, 이것 참.”

＊　　　＊　　　＊

사성과 함께 홀론의 세상에 등장한 드라고나 종족은 마물들을 상대로 한 첫 전투에서 승리를 거두었다. 아군의 피해는 거의 없었고 마물들의 시체가 끝이 없을 정도로 평원을 가득 메웠다.

그러나 승리의 기쁨을 드러낼 만도 하건만, 제인피어의 표정은 다소 어두웠다.

“저들의 퇴각 덕분에 손쉬운 승리를 했을 뿐이지요.”

가르시아가 물었다.

"퇴각이라니요? 이건 엄연히 열심히 싸워서 쟁취한 승리가 맞는다고 생각하는데요."

그러나 테디우스 역시 제인피어와 같은 생각이었다.

"뭔가 찝찝하오. 오늘은 그저 마물 전초 기지를 상대로 한 것인데도 이처럼 힘에 부치니, 만일 훗날 용족과 고대 전사, 그리고 테라 종족이 합류한다면 결코 쉬운 싸움이 될 것 같지 않소."

그때 제인피어가 한술 더 떠서 말했다.

"어려운 싸움이 아니라 우리가 패배할 것은 자명한 사실이죠."

우린 일제히 그녀의 얼굴을 바라보았다. 특히 가르시아는 인정할 수 없다는 반응을 보였다.

"이 정도면 가히 무적 아니오. 우리 사성과 드라고나가 합세함으로써 거대한 산맥도 밀어붙일 듯 기세가 한껏 올라 있는데 이겨 놓고도 오히려 풀이 죽다니."

제인피어는 하늘을 우러러 한숨을 내쉬었다.

"그 산맥이 하나라면 해볼 만하지만 무려 넷이라는 것이 문제지요. 용족과 테라 종족, 고대 전사, 마족의 수장들은 제각각 홀론의 조각을 지닌 최강의 전사들입니다. 그들이 동맹을 맺고 우리를 공격한다면…… 후, 그건 생각만 해도 끔찍한 일이지요."

그제야 가르시아는 고개를 끄덕였다.

"뭐, 듣고 보니 그러네요. 우리는 테디우스만이 홀론의 조각을 얻은 상태이니 저들보다 약한 것은 사실이고."

저들의 대화 내용은 나를 더욱 의기소침하게 만들었다.

'아!'

나는 분명 내 미래를 보았다. 적들에 패해 폐인이 된 내 훗날 모습을 말이다.

그게 사실이라면 이 전쟁은 무의미한 것이다. 결과를 알고 있는 만큼 나는 한없이 무기력한 존재로 내려앉는 느낌이었다.

그렇다고 내가 본 미래를 말하는 것은 절대 안 된다. 그 것은 초장부터 사기를 꺾어 놓아 싸워 보지도 않고 지는 꼴이니 말이다.

더군다나 나는 사성의 군주가 아니던가. 내가 내 입으로 말한다는 건 있을 수 없는 일이었다.

그때 제인피어가 물었다.

"아이더 님. 안색이 별로 좋지가 않군요."

"아, 아닙니다."

"오늘 정말 수고 많으셨어요."

"수고는요, 뭘. 나에 비하면 다른 용자들의 전투력이 훨씬 강했고, 오늘 승리는 그들 덕분이오."

가르시아가 말했다.

“그나저나 군주께서는 나머지 두 개의 홀론 조각의 행방에 대해서 아직 아무런 흔적도 찾지 못한 거요?”

그 말에 내 가슴은 또다시 무너졌다. 그저 한숨만 나왔다. 하지만 저들에게 내 약한 모습을 보여 주기는 싫었다.

“노력 중에 있습니다.”

가르시아는 매우 희망적이었다.

“군주께서 그걸 취한다면 앞으로의 전쟁은 정말 해볼 만하겠죠.”

“……”

결국 나는 더 이상 할 말이 없어 입을 다물고 말았다.

제인피어는 우리들에게 한 가지 희망적인 말을 했다.

“조만간 인간계에서 17개 동맹 제국들의 모든 군단이 우릴 돕기 위해 이곳으로 올 것입니다. 이미 차원의 문을 열어둔 상태이니 그들을 맞을 준비를 해야 합니다.”

그 말에 우리들은 깜짝 놀랐다.

“정말이오?”

“언제 그런 일까지 진행한 것이오.”

제인피어의 미소 어린 표정.

“후후. 그게 제가 할 일이거든요. 우리 역시 군대가 필요한 시점이니 잘되었지요.”

나는 궁금했다.

“인간계의 제국들이 그대의 의견을 순순히 받아들이던가

요?"

"모든 황제들은 홀론에서 벌어지는 일들을 알고 있더라고요. 조만간 홀론의 세력이 강해지면 인간들은 모두 소멸당할 것을 말이죠. 그리하여 대부분의 황제들이 앉아서 당하기보다는 싸움을 택한 것이지요. 또한 그들 역시 사성의 화합에 대한 예언 내용을 알게 되었으니 결코 패하지 않을 것이란 희망을 지니게 되었습니다."

이번엔 말없이 잠자코 있었던 테디우스가 내게 말문을 열었다.

"아이더. 자네는 이제 모든 인간들의 마지막 등불이자 희망일세. 사성의 군주로서 자네는 실절적인 통치자이자 인간계를 구원 할 신적인 존재에 버금간다네. 그러니 당당하게 우리를 이끌어 주게나."

"……."

그의 말투가 변해 있었다. 아마도 나를 어엿한 군주로 대접하려는 모양이었다. 하지만 난 그조차도 부담스러울 뿐이다.

한없이 초라한, 그리고 희망 없는 미래를 이미 봐 버린 지금의 내가 이들에게 무슨 말을 할 수 있겠는가. 테디우스의 말이 귓가에 아프게 맴돌았다.

제69장

새로운 인연

베아트리체는 제릭에 대한 자신의 회유 정책이 잘 먹혀들어 가고 있음에 내심 기뻐했다. 늦은 밤, 언제 자신을 덮칠지 모르는 욕정 가득한 늑대에게서 몸을 지키려면 무조건 피하는 것보다 안심시키는 것이 나을 것 같았다.

일단 그녀의 계획은 생각보다 잘 들어맞았다. 그나마 다행인 것은 제릭 역시 강제로 그녀를 취하기보다는 마음부터 얻기를 원했다.

그렇게 수개월이 지나자 그 둘 사이에는 묘한 기류가 흐르기 시작했다. 서로 사랑하는 연인도 아니고 그저 친구 관계도 아닌 뭐라 설명하기도 힘든 감정이 오고 갔을까.

“어때요!”

쩝쩝.

“마, 맛있는데.”

“열매는 직접 재배하고 길러야 제 맛이죠.”

“이게 도대체 뭐요?”

“앵두도 몰라요?”

“앵두라니? 이처럼 새빨갛고 달콤한 데다가 굵직한 열매가 앵두라고!”

“물론 순수 품종은 아니죠. 접붙이식으로 재배한 거니까요.”

제릭은 감탄해 마지않았다.

“공주는 그런 것까지 아나?”

베아트리체는 눈웃음을 살살 치며 말했다.

“호호. 정원에 반드시 꽃만 가꾸라는 법이 있나요. 이왕이면 따 먹을 수 있는 열매를 기르는 것도 좋지요. 그나저나 이거 한 번 더 드셔보세요.”

순간 제릭은 그녀가 건네준 앵두를 거절했고, 그의 인상마저 냉정하게 바뀌었다.

“갑가지 나한테 왜 이리 잘 대해 주는 거지? 얼마 전까지 그토록 쌀쌀 맞게 굴더니만.”

그는 그녀를 무섭게 노려보았고 성질 가득한 표정으로 다시 물었다.

“왜지?”

베아트리체는 갑자기 한숨을 짓더니만 다소 우울한 음성으로 겨우 말했다.

“저도 모르겠어요.”

“모르다니.”

“제가 왜 이렇게 변했는지요. 물론 당신은 아직도 제게 있어 무척 두려운 존재랍니다. 하지만 언제부터인가 당신에게도 선한 구석이 있다고 느껴지더라고요?”

“선한 구석.”

“예. 선한 구석…… 어린아이에게서 찾아볼 수 있는 순수함 같은 거랄까요.”

순간 제럭이 호탕하게 웃었다.

“하하하. 순수함이라니. 살다 보니 별의별 말을 다 들어 보는군.”

하지만 베아트리체느 애써 진지하고 차분하게 말했다.

“제 말이 거짓말처럼 들리나요?”

“물론 그건 아니겠지. 당신 같은 천사가 헛소리할 리는 없고. 다만 나를 가지고 논다는 느낌이 드는 건 사실이군.”

베아트리체는 서운하다는 듯 입술을 불쑥 내밀었다.

“놀리는 것은 아닙니다. 사실 당신은 기억을 잃고 나를 만났을 때 너무도 착했거든요. 그런데 생각해 보세요. 정말 본질적으로 나쁜 사람이라면 기억을 잃었다 한들 그 본성은 남아 있게 마련이고 분명 악행을 저질렀을 겁니다. 하지만 당신은 달랐어요."

제릭은 곰곰이 생각했다. 그러고 보니 그녀의 말이 틀린 것만은 아닌 것 같았다.

"듣고 보니 그렇군."

그녀는 온화한 얼굴로 부드럽게 말했다.

"당신은 어렸을 때 성격이 어땠어요?"

"어렸을 때?"

"무척 선했을 거라 믿어요."

제릭은 갑자기 혼란스러웠다.

"흠. 그게……."

인상마저 찡그리며 좀처럼 말을 잇지 못했다.

베아트리체 역시 처음에는 그저 비위를 맞추려고 빈말을 한 것뿐인데 그가 심각하게 받아들이자 그에 대한 호기심이 점차 강해졌다.

"말해 주세요. 어렸을 때 어땠어요?"

그제야 제릭은 말문을 열었다.

"나와 같은 용족은 원래 포악하게 태어나는 경향이 있지. 용의 피가 흐르기 때문에 매우 거칠고 호전적이라서 어렸을 때 다른 용족들을 해치며 잡아먹는 놀이부터 시작하니, 내게 선한 구석이 있을 리 없어!"

베아트리체는 그가 과거 얘기를 하자 이 기회를 놓치지

않기로 했다.

"하지만 당신은 달라요. 분명 조금일지라도 선함이 깃들어 있는 것이 분명해요."

"나를 혼란스럽게 만드는군. 나는 예나 지금이나 그저 성질 더러운 용족일 뿐이라고. 그러니 더 이상 헷갈릴 소리 하지 말라고."

순간 베아트리체는 깜짝 놀란 나머지 경기를 일으키는 척했다.

"아!"

이내 바닥에 고꾸라지는 그녀, 제릭은 당황했고 재빨리 그녀를 안아 일으켰다.

"왜 그래?"

그녀는 겨우 눈을 떴고 거진 호흡과 함께 겨우 말했다.

"소리 지르는 당신이 너무 무서워서요."

제릭은 자신의 실수 때문에 그녀가 힘들어하자 후회했다.

"아. 그러고 보니 너는 나약한 인간이었지. 내가 미안해. 원래 이럴 의도는 아니었는데 말이야."

그러자 베아트리체는 방긋 웃어 보였다.

"거봐요. 당신은 착하다고 했잖아요."

"……"

그 말에 제릭 스스로도 놀라는 눈치였다. 그때 그녀가 다시 말했다.

“저를 부축해 준 건 고마운데요. 그렇다고 숨이 막힐 정도로 꽉 포옹하는 것은 조금 엉큼한 짓 아닌가요.”

순간 제릭은 그녀를 놔주었다. 하필 급하게 놓는 바람에 뒤로 엉덩방아를 찧었으니.

쿵!

“악! 그렇다고 갑자기 놓으면 어떡해요.”

제릭은 다시 가서 그녀를 부축하려 했다. 하지만 자리에서 벌떡 일어나는 베아트리체.

“됐어요!”

“공주……”

“자신이 착한지 아닌지 정체성도 모르는 답답한 용과는 도저히 대화가 안 되겠어요.”

그녀는 손으로 엉덩이를 툭툭 털고는 정원 맞은편의 건물로 향했다. 그런 모습을 보며 제릭이 그녀를 불렀다.

“공주. 어디 가!”

“씨 가지고 오려고요!”

“씨라니?”

“당신이 제가 기른 앵두를 너무 맛있게 드셔 주었기에 이번엔 자두를 길러 보려고요.”

“자두?”

“앞으로 우리 함께 재배해요.”

제릭은 어안이 벙벙했다. 요즘 들어 그녀의 태도가 매우 부드럽게 달라진 것 자체만으로도 놀라운 일인데 과일 나무를 함께 기르자는 말에 내심 진한 감동이 일었던 것이다.

"그 말, 진심인가?"

"진심이고말고요. 아무리 용족의 천성이 포악하다지만 당신은 절대 다르다고요. 하기야 용족의 신성이니 일반 평범한 용과는 질적으로 다를 만도 하지 뭐."

제릭은 그녀가 그렇게 말해 주는 것만으로 왠지 기분이 좋았다.

"진정 내가 선함을 지니고 있다고 생각하오?"

"에구. 같은 말 자꾸 물어보네요. 앞으로는 나한테 묻지 말고 자신에게 질문하고 직접 답을 구하세요."

그녀는 이내 현관 안으로 쏙 사라져 버렸다. 제릭은 여전히 넋이 나긴 듯 그곳을 바라보며 자리를 떠나지 못했다.

잠시 후, 그는 혼자서 뭐라 중얼거렸다.

'내게도 착한 구석이 있었나? 맞아, 그러고 보니 그런 것도 같은데. 원래 내 성질대로 했다면 나는 이미 공주를 강제로 겁탈하고도 남았을 텐데……'

그는 말하다 말고 손으로 자신의 볼을 꼬집었다.

'지금은 오히려 그녀에게 구애를 하고 있는 처지라니. 내 행동 그 자체가 나로서도 이해할 수 없는 일이 아닌가.'

거기까지 생각이 미치자 그는 갑자기 미소를 지어 보였다.

'맞아. 나는 다른 용들과는 달라. 바로 용족의 신성이라고. 거칠고 호전적인 성격만이 아니라, 용족을 이끌 수장으로서의 덕목도 함께 타고난 것 같아. 하하.'

그로부터 수일 후.
제릭과 베아트리체는 함께 정원을 가꾸고 있었다.
"물을 너무 부었어요."
"미안."
"괜찮아요. 거기 고랑을 파서 물줄기가 흐르게 하면 되니까요."
그 한마디에 제릭은 호미로 땅에 골을 냈다.
팍! 팍!
"이렇게 하면 되겠지?"
"아주 잘했어요."
"하하. 내가 땅을 다 파다니. 이거 다른 용족들이 알면 기절초풍할 일이겠군."
"여긴 우리 둘뿐이니까 그런 걱정은 하지 마세요. 그리고 용족이라고 해서 무조건 다른 종족을 해치고 잡아먹으라는 법 있나요."
제릭은 힘차게 말했다.
"물론 그런 법은 없지!"
"후후. 잠깐 이리 와 봐요."

"왜?"

공주는 손수건을 꺼내어 그의 이마에 흐르는 땀을 닦아 주기 시작했다.

슥! 슥!

제릭은 그녀의 친절한 행동에 또다시 감동을 받았던가. 마치 엄마 품에 안긴 아이처럼 천진한 모습으로 가만히 있었다.

정말이지, 그가 용족으로 살아왔던 천 년의 세월 중에서도 가장 행복한 순간이었다.

사실 이 순간, 제릭뿐만 아니라 베아트리체 역시 자신에게 묘한 감정이 생기고 있음에 고개를 갸웃했다.

'뭐지?'

그러고는 제릭의 얼굴을 문득 쳐다보았다.

'진짜! 이 감정은 뭐냐고…….'

제릭의 순수한 표정에 그녀 역시 동화되는 것 같았다. 포악하고 거친 용족이 아닌, 인간다운 내면을 발견한 듯 그가 진심으로 착해진 것 같았기 때문이다.

그런 자신의 마음이 어색했던가.

"됐어요!"

갑자기 퉁명스러워진 공주에 제릭은 다소 당황했다.

"고마워."

"앞으로 땀은 당신이 알아서 닦아요!"

"아, 알았어. 그런데 왜 소리는 지르고 그래."

그로부터 한 달이 흘렀다.

까만 카펫 위에 수많은 다이아몬드를 흩뿌려 놓은 듯, 밤하늘은 반짝거리는 별들로 가득했다.

공주는 궁궐 지붕에 올라와서 제릭과 함께 우주를 감상하며 많은 얘기들을 나누었다. 둘은 믿을 수 없을 정도로 가까워졌고 이제는 허심탄회하게 서로의 감정들을 교환했다. 하지만 제릭은 애가 탔다. 그녀의 마음속에는 이미 한 존재가 깊게 자리매김하고 있었으니 말이다.

"네가 항상 그리워하는 아이더란 녀석이 부럽군."

그에 대한 공주의 반응은 항상 솔직 담백했다.

"정말 보고 싶어요."

그럴 때마다 제릭은 마음이 아팠다.

"좀 거짓말이라도 할 수 없나. 나를 옆에다 놔두고 다른 녀석 얘기만 하니, 듣는 나로서 거북하단 말이야. 젠장!"

"보고 싶은 걸 보고 싶다고 하지, 뭐라고 해요!"

"정작 네 마음속에 내가 낄 자리는 전혀 없나?"

"없고말고요. 난 오로지 일편단심인걸요."

제릭은 이내 땅이 꺼져라 한숨짓고 만다.

"후. 내가 어쩌다가 이런 꼴이 되었는지. 용족의 신성인 내가 인간 여자와 이렇게 함께 있다는 자체도 우스운 얘기지만 이제는 너를 좋아하기까지 하니 정말 난감하게 됐군.”

공주는 빙그레 미소로 답했다.

“후후. 대신에 우린 친구로 남아 있기로 했잖아요.”

순간 언성을 높이는 제릭.

“아무래도 안 되겠어. 당장에라도 마음을 고쳐먹고 너를 취해야 직성이 풀리겠거든.”

그는 말대로 그녀를 안았고 키스를 하려 했다.

“이리 와봐! 내 사랑.”

그때 공주가 그의 이마에 꿀밤을 때렸다.

탁!

“아얏!”

“제릭, 이제 이런 장난도 별로 재미없다고요.”

“나는 장난 아닌데.”

“후후. 당장 제 허리를 감싼 손을 풀지 않으면 함께 바닥으로 떨어져 죽을 거라고요!”

제릭은 외쳤다.

“차라리 이대로 함께 죽는 것도 괜찮을 거 같군.”

“농담 말아요. 아이더를 볼 때까지는 절대 살아 있을 거거든요.”

제릭은 미쳐 버릴 것만 같았다.

“또 그 자식 얘기! 이제 그만 좀 하라고!”

“당신이나 그만해요. 용족의 신성이 뭐가 아쉬워 인간인 나를 좋아 하는 거죠."

"용족이기 이전에 나도 감정이 있는 동물이라고."

"이제 됐고요. 지난번엔 나한테 얘기해 준 그 홀론의 조각들에 대해서 계속 말해 봐요."

제릭의 표정이 진지해졌다.

"홀론의 조각이라…… 내가 어디까지 말했지."

"홀론 대륙의 결정체인 홀론이 일곱 조각으로 나눠진 후, 각 지역으로 흩어졌고 현재 고대 전사와 테라 종족, 마족, 그리고 당신이 하나씩 얻고는 막강한 수장 자리에 올랐다는 얘기요."

"아, 거기까지 했었나?"

"네."

"뭐 그다음 얘기는 고대 전사들에게 있어서 절대적으로 추앙을 받고 있는 베르크의 전서에 관한 내용인데. 훗날 인간계에 네 명의 용자가 나타나 이 대륙에서 우리와 맞선다는 것이지."

공주의 눈빛이 반짝거렸다.

"네 명의 용자라니요? 그것도 인간계에서요."

제릭은 별로 관심도 없다는 표정으로 말했다.

"후후. 물론 말도 안 되는 얘기지. 나약한 인간들에게 용자가 등장해 봐야 거기서 거기겠지."

공주가 불끈했다.

"우리 인간을 너무 우습게 보는군요!"

"한때는 그랬었지. 하지만 이젠 달라. 너를 만났으니까. 사실 얼마 전에 마족과 고대 전사 수장인 하마스와 파탄에게 전령이 왔어. 그 네 명의 용자가 전설의 종족인 드라고나를 이끌고 드디어 이 대륙에 나타났다는 말을."

공주는 깜짝 놀랐다.

"그들이 나타났다고요?"

"정말 이상하지. 인간들이 무슨 능력으로 드라고나 종족과 결탁했는지 모르지만 아무튼 흥미로운 일들이 벌어지는 것은 틀림없어. 게다가 사성 중 한 인간은 홀론의 조각 하나를 얻었다는 소문마저 도는데 정말 희한한 일이지."

"홀론의 조각을 얻었다니요?"

"아무리 생각해도 하마스와 파탄이 노망기가 든 게 확실한 거 같아. 홀론의 조각은 인간 따위에게 안겨질 물건이 아니거든."

공주는 이 대목에서 그에 관한 내용을 더 알아보기로 했다.

"그래서 어떻게 되었는데요?"

"파탄은 동맹을 주장하며 힘을 모으자고 그랬는데 나는 거절했지."

"왜요?"

"어차피 사성의 용자든 뭐든 절대 우리를 이길 수 없는 운명이니까."

"그걸 어떻게 확신하죠."

제릭은 공주가 초롱초롱한 눈빛으로 자신의 얘기에 관심을 기울이자 재미있다는 듯 말문을 계속 이어 갔다.

"사실 내가 동맹을 거절한 이유는 더 이상 인간들을 해치지 않고 싶기 때문이야. 바로 너 때문에. 설마 내가 사랑하는 여인의 동족을 죽이겠어?"

공주는 다소 의심 섞인 눈빛으로 되물었다.

"설마 그 이유만 있는 건 아닐 텐데요. 그러다가 인간의 힘이 강해져 실제로 당신과 용족을 위협하는 일이 발생한다면 그때는 어쩔 건데요."

그러자 제릭은 고개를 세차게 흔들었다.

"절대 그런 일은 없을걸? 네 말대로 인간은 스스로 한계에 부딪혀 자멸하고 말 테니까."

"자멸하다니요?"

그러자 제릭은 무슨 이유인지 주변을 살폈고 아주 나지막한 음성으로 말하기 시작했다.

"사실 파탄과 하마스가 인간을 두려워하는 것은 홀론의 일곱 개 조각 중에 어디론가 행방불명이 된 나머지 두 개를 인간이 얻을지도 몰라서거든."

공주는 여전히 희망에 찬 눈빛으로 말했다.

"진짜 그들이 홀론의 조각들을 얻을 수도 있는 거잖아

요."

이내 빙그레 웃고 마는 제릭.

"후후. 그건 절대 불가능한 일이야."

"왜요?"

"나머지 홀론의 조각들은 바로 여기, 용족의 심장부에 고이 모셔 두고 있거든."

공주의 눈이 휘둥그레졌다.

"정말요?"

"쉿! 누가 들어. 이 얘기는 같은 용족들조차 모르는 일이거든. 오로지 신성인 나만 아는 일이지."

"당신만 안다고요?"

"고대 전사들에게 베르크의 전서란 예언서가 있듯, 우리 용족에게도 그런 전서가 하나 있어. 거기 쓰인 내용에 따르면 그 두 개의 홀론 조각은 바로 내 아내가 낳게 될 쌍둥이 아들이 각각 하나씩 물려받게 되어 있거든."

"……"

"나는 이미 하나를 가졌고 나머지 두 개는 훗날 용족을 번성케 할 두 아들의 몫이야."

"부인이 있었나요?"

"아직은…… 어쨌든 내 아내가 될 운명의 여인은 반드시 쌍둥이를 낳는다고 하는데……"

그는 말하다 말고 은근슬쩍 공주를 바라보며 다시 말문

을 열었다.

"네가 내 아이들을 낳아 주면 안 되나?"

순간 공주가 그의 이마에 또다시 꿀밤을 때렸다.

"그런 말 재미없다고 했지!"

"난 진심이었는데."

공주는 화제를 바꾸어 물었다.

"당신만이 나머지 홀론의 조각들을 볼 수 있는 건가요?"

제릭은 고개를 끄덕였다.

"오로지 나만이 가능한 일이지. 하지만……."

"하지만 뭐죠?"

"언젠가 내 아내가 될 여인 역시 홀론의 조각들의 주인이 될 쌍둥이를 임신하게 되면 그것을 볼 수 있는 자격을 얻게 되어 있어."

"……."

공주는 잠시 말이 없었다.

결국 이 대륙에서 벌어진 전쟁의 향방은 나머지 홀론 조각 두 개를 어느 쪽이 얻느냐에 따라 결정된다는 얘기였다. 그리고 제릭의 말이 사실이라면 인간은 절대 이들을 이길 수가 없었다.

그때 제릭이 아주 조심스럽게 손을 내밀어 공주의 머리칼을 만져주면서 말했다.

"방금 전 떨어지는 별똥별에다 내가 뭐라고 소원을 빌었는지 알아?”

“뭔데요?”

“…….”

그는 잠시 침묵을 지켰다. 그러고는 잠시 후 다시 말문을
열었다.

“부디 그대가 내 아내가 되어 주기를…….”

공주 역시 진지한 표정이었다.

“그런 얘기는 하지도 마요.”

“네가 거절하든 말든, 내게도 사랑할 권리가 있다는 것을
알아두기 바라.”

“사랑은 서로 간에 이루어지는 것이지 한쪽이 일방적으
로 밀어붙인다고 해서 되는 문제는 아니거든요.”

“물론 알지만 나는 끝까지 노력할 거야. 네 마음을 얻기
위해서라면 뭐든지 할 수 있거든.”

“…….”

제70장

격전

제인피어가 열어눈 거대한 포틸을 통해시 인간계로부터 몰려든 여러 제국의 군단 숫자만 50개에 이른다. 총 100만에 달하는 이들의 가세는 아이더가 이끄는 사성과 드라고나 종족에 크나큰 힘이 되었다.

물론 홀론 대륙에 존재하는 모든 적들의 전투력은 인간들보다 강하다. 그러나 인간계 병사들 역시 대부분 검사 출신으로, 최정예이다.

무엇보다도 소멸당하지 않으려는 불굴의 투지로 무장한 그들이기에 이미 여러 번 치러진 전투에서 마족과 고대 전사들에게 뒤지지 않았다. 한마디로 백중지세랄까.

마족의 수장 하마스와 고대 전사의 수장 파탄은 이미 서로 동맹을 맺고 인간들과 전쟁을 치르고 있었지만, 테라 종족의 헤르가탄과 용족의 신성 제릭은 여전히 뒤로 빠진 채 사태를 관망하는 중이었다.

이에 하마스는 분통을 터트렸고 파탄 역시 그들의 소극적인 행동에 아쉬움을 토로했다.

"우리가 패배하면 자신들도 위험에 처한다는 사실을 왜 모르는 거지. 정말 한심한 작자들이군요."

하마스의 흥분에 파탄 역시 동조했다.

"아마도 기회를 엿보는 것 같소. 어차피 홀론에서 살아남는 종족은 하나뿐이지 않소. 우리 두 종족이 인간들과 맞서며 점차 쇄진할 때를 기다려 우위권을 가지려는 속셈이겠지요."

"치사한 것들! 결국 우리만 그들의 들러리 신세가 되고 마는 것은 아니겠지요."

파탄은 고개를 가로저었다.

"꼭 그렇지는 않소."

"그렇지 않다니요?"

파탄은 탁자에 놓인 지도를 가리키며 말했다.

"현재 인간들과 치열한 전투를 벌이는 곳이 바로 여기 헤르만 지방이잖소."

"그건 나도 압니다만."

"그렇다면 이곳이 용족의 영토와 가깝다는 것도 알겠지요."

순간 하마스의 눈빛이 반짝였다.

"아! 그, 그렇지요."

"자! 왜 내가 굳이 인간들을 이 지역으로 유인해서 전투를 벌이는지 그 이유도 알겠군요?"

하마스는 손으로 자신의 이마를 툭 쳤다.

"용족을 전쟁에 끌어들이기 위한 전략!"

"그렇소! 그들이 동맹을 거절한다면 우리가 할 일은 그들의 참여를 유도하는 것이오. 자! 보시오. 헤르만 지역에서 우리가 일부러 용족의 영토 근처까지 퇴각을 하면 인간 군단은 자연스레 그들의 영역을 침범하게 되겠지요."

피탄의 안색이 밝아졌다.

"하하."

"과연 용족이 그저 보고만 있을까요?"

"물론 아니겠지요."

파탄이 이번엔 지도의 다른 방향을 손으로 가리키며 말했다.

"자! 이곳은 북서쪽 갈튼 지방이오."

하마스는 이제 그가 뭘 말하려는지 알 수 있었다.

"테라 종족의 영토와 가까운 국경 지대이죠. 그들도 같은 방법으로 이 전쟁에 참여시킬 것입니다. 세상에 어떤 수장이 자신의 영토를 침범하는데 가만있겠습니까."

하마스는 두 주먹을 불끈 쥐었다.

"아주 좋은 방법이외다!"

"일단 그들이 참전하면 우리는 뒤로 빠져서 관망하는 자
세로 그저 지켜만 보고 있으면 되겠죠."

*　　　*　　　*

인간 군단 진영.

나를 비롯한 제인피어, 테디우스, 가르시아, 레이카니안
은 한창 작전 회의를 진행하고 있었다. 가르시아는 벌써 여
러 번의 전투에서 승승장구하는 아군의 기세에 기쁨을 감
추지 못하고 있었다.

"마족이나 고대 전사들도 별거 아니네요. 하하. 처음에
는 과연 우리 병사들이 그들을 상대로 제대로 전투를 펼칠
수 있을까 하고 걱정을 했는데, 저렇듯 지리멸렬하여 뒤로
빠지는 꼴이라니. 이대로 간다면 머지않아 우리가 홀론 대
륙을 집어삼킬 거요."

나 역시 가르시아의 말에 공감을 했다. 비록 그가 말이
앞서는 경향이 있지만 최근 전투에서 우리는 적의 예봉을
꺾고 계속 승리를 거두는 중이었다.

하지만 뭔가 불안한 이 느낌은 뭐란 말인지. 마족이나

고대 전사나 결코 만만치 않은 강자들이건만 이렇듯 패배를 자주하고 툭하면 퇴각 명령을 내려 안으로 깊숙이 숨어들어가니, 그들답지 않은 행동에 영 찜찜하긴 했다.

이번엔 테디우스가 말문을 열었다.

"이번 기회에 마족이든 고대 전사든 아주 끝장을 내버리는 게 좋을 것 같은데. 우리에게는 든든한 드라고나 종족이 있고 제공권 또한 이미 장악하고 있는 상태가 아니오. 지상에는 백만 명에 달하는 보병 군단이 있으니 이참에 총력을 기울입시다."

가르시아는 손뼉까지 치며 그의 의견을 지지했다.

짝짝!

"아주 마음에 드는 말이오. 이제 남은 것은 헤르만 지방에서의 대규모 전투이니만큼 최신을 다해 놈들을 심멸합시다."

나 역시 그들의 말에 내심 흥분이 일었다. 하지만 입을 꼭 다문 채 심각한 표정으로 일관하는 제인피어에게 눈길이 가지 않을 수가 없었다.

나는 그녀에게 물었다.

"그대는 어떻게 생각하오?"

"일단 지도를 보면서 말씀을 드리죠."

그녀는 탁자 위에 놓인 지도를 손으로 가리키며 말문을 열었다.

"헤르만 지방은 용족의 국경 지대와 아주 가까운 곳에
위치하고 있습니다."

그녀의 말에 나와 일행은 그곳에 시선을 집중했다. 그리
고 계속 들려오는 제인피어의 불안한 음성.

"아무래도 마족과 고대 전사는 우리를 이곳, 용족의 영
토로 유인하려는 것 같아요."

그러자 가르시아가 큰 소리로 외쳤다.

"이참에 아예 용족도 밀어 버립시다."

제인피어의 표정은 여전히 어두웠다.

"어차피 그들도 우리 적이니 전투를 치러야 하겠지요.
하지만 지금은 아닌 것 같아요."

"아니라니요?"

"용족은 홀론 대륙의 원 주인이고 전투력에 있어서 다른
종족보다 강합니다. 지금까지는 우리가 드라고나 종족 덕
분에 제공권을 장악했지만 그들이 참여한다면 균형이 깨지
겠지요."

가르시아는 반문했다.

"드라고나는 원래 용족을 잡아먹고 사는 전설의 종족인
데 용족이 날뛰어 봐야."

제인피어가 그의 말을 끊었다.

"아니요! 그들의 수는 드라고나 종족보다 수십 배 이상
많을 것입니다. 아무리 전투력이 강한 드라고나지만 이만

큼 수에서 차이가 난다면 힘겨운 싸움이 되겠지요. 그렇기에 지금으로서는 그들이 참여하지 않기를 바랄 뿐입니다.”

그때까지 잠자코 있었던 레이카니안이 처음으로 말문을 열었다.

“저도 제인피어 님의 의견에 공감해요. 헤르만 지역에서 전투를 벌일 때, 용족의 국경을 침범하지 않는 것이 좋겠군요.”

가르시아는 무척 아쉬워했다.

“어차피 나중에 상대해야 할 적인데 너무 소극적으로 임하는 거 아닙니까?”

제인피어는 그런 그를 보며 자기도 모르게 한숨을 내쉬었다.

“가르시아 님. 지금끼지 상대했던 마족과 고대 전사들은 우리가 생각했던 것보다도 피해가 적습니다.”

“피해가 적다니요.”

“그들은 치고 빠지는 전략으로 퇴각에 퇴각을 거듭했기에 아직도 병력 대부분이 온전할 겁니다. 우리가 용족의 영토를 침입했을 때, 그들이 우리 뒤를 노린다면 속수무책으로 당할 수밖에 없다는 걸 아셔야 합니다.”

그녀의 말에 일리가 있었다. 아니, 지금의 상황을 정확히 꿰뚫어 보고 있음이 분명했다.

그때 테디우스가 내게 물었다.

"자네가 최고 실권자이니 최종 결정을 내리시게나."

나는 잠시 심사숙고하다가 이내 말문을 열었다.

"제인피어 말대로 헤르만 지역에서 전쟁을 치르되, 용족의 영토를 넘는 일은 없도록 합시다."

내 결정에 가장 아쉬워하는 자는 가르시아였다.

"흠. 군주가 그렇게 정했다면 따라야겠죠."

그로부터 한 달 후.

헤르만 지방에서도 가장 험준한 산악지와 여러 구릉지에서 치열한 전투가 벌어지고 있었다.

나를 포함한 사성은 각자의 군대를 이끌고 좁은 지형에서의 국지전을 벌이고 있었다.

테디우스는 드라고나 종족을 이끌고 레오나 협곡 지대에서 고대 전사들을 상대하는 중이고 가르시아와 레이카니안은 헤르만 지대에서 마족을 상대로 혈전을 벌이고 있었다.

나는 내 병사들과 함께 숲을 뒤지며 마족들과 전투를 치렀다.

파파파팟.

"컥! 컥!"

우리가 상대하는 마족은 레이칸이라 불리는 반인반수의 늑대 변종이었다. 놈들은 숲속의 나무와 바위 등 지형지물을 이용해 아군들을 습격했다. 그로 인한 사상자 수가 점

점 늘어났으니, 나는 특단의 대책을 강구하지 않을 수가
없었다.

"숲에 불을 질러라!"

숲을 태워야 적의 실체를 볼 수 있는 법! 마침 바람 방향
이 내 등 뒤인 동쪽으로 부니 아군에게 피해가 가는 일은
없을 것이다.

궁수들이 화살촉에 불을 붙여 저 메마른 관목들을 향해
활을 쏘았다.

휙! 휙! 휙! 휙!

화르르.

불길은 이내 숲 사방으로 퍼졌고 엄청난 화염을 일으켰
다. 화공(火工)이 먹힌 걸까. 숲 안쪽에 숨어 있던 늑대 인
간들의 괴성이 울려 피졌다.

크아아악.

크아!

온몸이 불에 휩싸인 적들이 고통의 비명을 지르며 땅바
닥에 구르느라 난리가 아니었다. 나와 병사들은 그들에게
뛰쳐나가 가차 없이 검을 휘둘렀다.

와와.

함성이 솟구쳤고 아군의 기세는 강렬했다. 나는 앞장을
선 채 계속 전진 명령을 내렸다.

그로부터 반나절이 흘렀을까.

나와 내 병사들은 세 개의 산봉우리를 점령했고 이어 다음 산꼭대기가 보이는 골짜기를 따라 진격 중이었다.

그야말로 질풍노도가 따로 없었다. 전진에 전진을 거듭하는 우리의 기세에 적들은 무수히 쓰러져 갔고 산 전체가 마족들의 시체로 뒤덮였다.

우워워워.

바로 그때였다. 내 앞에 있던 최전방 돌격부대원들이 맥없이 쓰러져 갔다.

"억!"

"윽!"

갑작스럽게 소용돌이가 일며 병사들이 공중으로 치솟아 올랐다. 순식간에 수십 명의 희생자가 생겼고 나는 급히 그쪽으로 뛰어갔다.

"무슨 일이야!"

돌격대원 중 하나가 급히 말했다.

"놈들이 너무 강합니다."

"강하다니! 늑대인간들을 말하는 건가?"

"아닙니다. 아마도 마족의 정예인 것 같습니다."

"정예라고!"

지금까지의 수많은 전투 중에 단 한 번도 마주치지 않았던 정예병들. 물론 그들에 대한 얘기는 제인피어를 통해 들은 바 있었다.

그들은 보통의 마족처럼 네발 달린 짐승형이 아닌 인간에 가까운 직립형으로, 머리에 산양의 뿔이 달려 있다고 했다. 붉은 군장을 입고 대부분 거대한 도끼나 낫을 사용하는데 마법을 이용한 전투력이 강력하다고 했다.

물리적인 파괴력에다가 마법의 힘마저 추가되니 회오리바람을 일으켜 적을 날려 버리거나 지면을 강타해 불길을 일으킴으로써 상대를 태워 죽인다고 했다.

나는 아군의 희생을 줄이고자 재빨리 그곳으로 돌진했다. 제인피어 말대로 뿔 달린 존재들, 그들은 너 나 할 것 없이 두툼한 붉은 군장을 착용하고 있었는데, 그 체격이 가히 2미터는 훨씬 넘는 거구들이었다.

상대가 마족의 정예군이니만큼 초반부터 강력한 기술을 사용하기로 했다.

마법 전서 제20장 스톰윈드

상대가 바람을 일으킨다면 나 역시 그 힘으로 밀고 나가는 것이 좋을 듯했다.

휘잉!

순간, 돌풍이 일어났고 지면 위에 있던 돌멩이들이 휩쓸려 그들에게로 발사되었다.

파파파팍.

마족 정예병들 중 선발진의 방패 부대가 그대로 뚫리면서 괴멸되기 시작했다.

"컥!"

"칵!"

그들이 일으킨 회오리바람은 금세 사라졌고 내가 일으킨 돌풍이 가공할 만한 파괴력을 보여 주었다. 마법 전서 28장 중에서 제20장 이후의 전투 기술은 하나같이 패도적이고 대량 살상이 가능할 정도로 강했다. 그런 기술이 마족의 정예들에게 통한다는 것에 나는 일단 안도의 한숨을 내쉬었다.

허나 내심 불안했다. 지금까지 전혀 그 실체를 드러내지 않았던 그들이 갑자기 이 전투에서 왜 모습을 나타낸 것인지 말이다.

순간 제인피어가 지난번 작전 회의 때 말한 것이 생각났다.

"그들은 진정한 힘을 감추고 뒤로 빠지고 퇴각하는 전술을 사용하고 있음이 분명해요. 마치 용족의 국경지대로 유인하듯 말이죠."

그녀의 말이 사실이라면 긴장하지 않을 수가 없었다. 마족의 진정한 전력은 늑대인간이나 그 외 짐승형의 괴물들이 아닌, 바로 지금 눈앞에 있는 정예병일 수 있다는 것. 문제는 저들의 숫자가 얼마만큼이나 되느냐는 것이다.

인간계로부터 올라온 아군의 숫자가 백만 명이 넘는다지만 만일 마족 정예 병력이 십만 명만 되더라도 이건 상대가 안 될 듯싶었다.

바로 그때였다. 전방 숲 안쪽으로부터 들려오는 중후한 음성.

"허허! 저자가 사성의 군주가 맞소이까?"

"내가 알기로는 맞는 것 같소. 적어도 그대의 마족보다는 내 고대 전사의 정보에 훨씬 신뢰성이 있으니 말이오."

"이보시오, 파탄! 농담도 자주하면 짜증나는 법이지요."

"그나저나 저자를 살펴보시게나. 사성의 군주라면 제법 강력한 힘을 지녔을 터인데…… 내가 보기에는 흠……,"

잠시 후 엄청난 공력이 실린 목소리의 주인공으로 추정되는 두 존재가 언덕 위로 그 모습을 드러냈다.

한 명은 뿔 달린 마족으로 붉은 수염이 난 자이며, 다른 자는 보통 인간의 모습을 한 백발노인이었다.

그 둘의 대화 속에서 이름을 들은 나는 극도의 경계심을 가질 수밖에 없었다.

한 명은 파탄이고 다른 한 명은 하마스라면…… 각각 고대 전사와 마족의 수장일 테니 말이다.

다시 들려오는 그 둘의 대화.

“흠. 기류로 봤을 때는 인간치고 제법 특출 나긴 한데 이곳 홀론에서는 그저 중급이나 상급 정도에 지나지 않는구려.”

“상급이라…… 그런 놈들이야 널리고 널린 게 여기인데 저 인간이 고작 그런 힘을 믿고 우리에게 대적하려 든다고 보는 것은 아니겠지요?”

“이보시오, 하마스. 그래도 저자는 인간계를 대표하는 사성의 군주 아닌가요. 혹시라도 우리가 알지 못하는 힘을 숨기고 있을지도 모르는 일이오.”

“어쨌든 저 군주란 놈만 제거하면 적의 기세가 단번에 꺾인다는 것은 부인하지 않을 테지요?”

파탄은 하마스의 말에 백발 머리와 수염을 만지작거리며 말했다.

“두말하면 잔소리이죠. 자! 마족의 수장이여. 내 저자를 그대에게 양보할 테니까 당장 목을 끊어 오시지요.”

“좋소. 잠깐만 기다리시오.”

그 둘의 대화는 거기서 끊겼다. 그리고 마족의 수장 하마스는 거대한 낫을 들고 내개로 돌진해 들어왔다.

그 기류가 어찌나 강한지 그가 내딛는 지면이 쩍쩍 갈라지면 불길이 절로 일어났다.

쿵! 쿵!

게다가 나는 이미 호흡하기도 힘들 정도로 그의 기도에

억눌려 있었다.

"헉! 헉!"

태어나서 처음 느껴보는 압박감에 이어 공포와 두려움마저 마구 일었다. 어쨌든 이대로 당할 수는 없었고 나 역시 강공으로 맞서기로 했다.

마법 전서 제28장 메테우스

지금의 내가 펼쳐낼 수 있는 최고의 전투 기술이었다.

번쩍!

우두둑!

불덩이를 쏟아내는 마법 전서 최고 경지에 오른 기술! 이 공격으로 상대의 예봉을 꺾을 수 있으리라, 내심 기대가 가득했다.

하지만…….

"하하하. 제법이군. 그러나 이까짓 공격으로는 어림도 없지. 인간이여! 그대는 내가 홀론의 조각을 얻은 마족의 수장이라는 사실을 아는가?"

수없이 떨어져 내리는 불덩이는 그의 몸 근처에서 한 줌 재가 되어 사라지고 말았다. 그러는 사이, 그의 낫 공격이 내 가슴을 향해 들어왔다.

삭!

"헉!"

순간 제자리 도약으로 아슬아슬하게 피했다. 한데 그의 공력이 너무 강한 나머지 내 몸은 새털처럼 가볍게 허공으로 날아가 버리고 말았다.

쿵!

바로 뒤에 절벽이 없었다면 족히 백 미터 이상 날아갔을 것이다.

"욱!"

벽과 부딪친 충격도 만만치 않았다. 바위로 된 절벽에 금이 쫙 갔고 나는 그대로 지면으로 떨어졌다. 이건 처음부터 상대조차 되지 않는 싸움인 것 같았다.

하마스는 그런 나를 향해 고개를 갸웃거리며 조소를 날렸다.

"크크. 너를 보니 사성의 화합이니 하는 베르크 전서의 예언이 허무맹랑한 얘기라는 걸 알겠군. 인간계를 대표하는 군주란 자의 전투 기술이 고작 이 정도라니. 이거 너무 실망스러운데."

그는 다시 낫을 부여잡고 내게로 천천히 다가왔다. 그가 급히 서두르지 않는 것은 우리의 힘이 하늘과 땅만큼이나 차이가 났기 때문이다.

나는 단 한 번의 격돌로 이미 체력이 바닥나 버렸으니 그를 더 이상 막을 방법이 없었다.

‘아! 이대로 끝나고 마는 것인가?’

현자의 검을 들고 신형을 추스르려 했지만 몸이 따라주지 않았다. 흘론의 조각을 얻지 못한 내게 그 모든 책임이 있었다.

불현듯 제인피어가 했던 말이 떠올랐다.

　　“현자의 검이 그대를 이끌어줄 것입니다.”

‘현자의 검이라…….’

전생에 나는 현자였고 이 검을 제작했다고 그랬다. 하지만 현재까지 나는 이 무기에 대해서 제대로 아는 것이 없었다. 아니, 굳이 알려고 노력했던 적도 없었다.

‘한심하군……. 주어진 것도 제대로 받아먹지 못하는 내 무능함에 침을 뱉고 싶어.’

솔직한 심정이었다. 물론 이제 와서 후회한들 소용없었다. 나는 지그시 눈을 감고 죽음을 기다려야 하는 신세가 되고 말았다.

그때 들려오는 외침.

『멍청한 인간이여! 당장 깨어나 대항해야지.』

갑작스러운 음성, 그것은 현자의 검으로부터 들려오는 외침이었다.

『현자의 검을 지니고도 그 진정한 가치를 깨닫지 못하다니. 쯧쯧. 정말 한심하고 한심한 일이로다.』

나는 그 음성이 현자의 검으로부터 들려온다는 것을 확신할 수 있었다. 그는 잠시 잊고 있었던 악마 크라크츠였다. 지난번 그의 봉인을 풀어준 기억이 나는데 어찌 아직까지 현자의 검 속에 봉인이 되어 있단 말인가.

그 해답을 크라크츠가 즉시 말해 주었다.

『빌어먹을! 정녕 기억이 없는가? 전생에 네가 현자로 있을 때 나에게 개인적으로 도움을 청했었지. 아니, 협박이랄까? 천계의 질서를 어지럽힌 내가 영원한 금제 의식을 당했을 때 너는 나를 풀어 주었고 하나의 부탁을 했지. 바로 환생 시 위험한 일에 닥쳤을 때 이런 말을 해 주라고.』

이런 말이라니? 나는 재빨리 크라크츠에게 물었다.

"내가 무슨 말을 했었지?"

『후후. 어차피 약속한 것이니 말해 주어야겠지. 물론 당장 검 밖으로 뛰쳐나가 너를 대신해서 하마스와 싸울 수 있지만, 나는 이미 천계의 질서를 어지럽혔기 때문에 홀론의 대륙에서 일어나는 어떤 일에도 끼어들 수 없는 처지거든.』

나는 답답했다.

"당장 내가 무슨 부탁을 했는지 말해 보라니까!"

하마스는 가까이 다가오고 있었고 크라크츠는 계속 뜸을 들이니 성질이 나지 않을 수가 없었다.

그때 들려오는 악마의 속삭임.

『현자의 검은 통합을 의미하지.』

"통합이라니?"

『말 그대로 통합의 능력을 가지고 있다고.』

"알기 쉽게 얘기해 봐."

『바보 인간아. 네가 익힌 마법 전서에 그 해답이 있다는 것을 몰라서 그래?』

"마법 전서?"

『마법 전서에 실린 총 28개의 기술은 그저 개별적으로 사용하라고 있는 게 아냐. 현자의 검을 이용해 그것들을 하나로 통합한다면 가히 상상을 초월할 만한 힘을 내뿜게 되어 있어.』

순간 나는 눈빛이 번쩍였고 귀기 슬깃했다. 지난번 위긴과 대결할 때 갑작스레 마법 전서가 뒤죽박죽되어 광기를 부리고 미쳐 버린 적이 있었다. 그 때문에 나는 마로의 인생으로 다시 살게 되었고.

크라크츠의 말대로 난 그 기술들을 개별적으로 사용했을 뿐, 통합의 경지에는 이르지 못했던 것이다. 한데 그 기술들을 하나로 뭉친다면…….

거기까지 생각이 미치자 일말의 희망이 일었다.

"악마여! 통합의 힘이 어느 정도나 되는가?"

『28개의 마법이 하나로 통합된다면 오로지 한 가지 기술을 새롭게 얻게 되는데 그거야말로 마법 전서 궁극의 경지라고 할 만한 것이지. 오래전 아칸 종족의 마법사 수천 명이 대대로 이어온 마법들의 결정체로서 일명 '절대 마법'의 힘을 얻게 되어 있다네.』

"절대 마법이라고?"

『하하. 현자였던 너는 바로 그 힘을 얻기 위해 바로 이 지상에 환생한 것 아닌가.』

나는 다시 외쳤다.

"당장 그 통합의 힘을 가르쳐 줘!"

『멍청한 인간! 이미 그 방법을 알고 있건만, 무슨 뚱딴지 같은 소리를 하는 거야!』

"방법을 알고 있다니?"

『마법 전서에 쓰인 28개 기술의 명칭을 현자의 검에 대고 부르면, 그 힘은 즉시 발동하게 된단 말이지. 그러니 더 이상 물어보지 말고 한번 시전을 해 보라고.』

나는 그의 말대로 당장 마법 전서의 기술 구결들을 현자의 검에 대고 외쳤다. 잠시 후 검으로부터 푸른 빛 섬광이 일기 시작했다. 그리고 다시 들려오는 악마의 흥분 어린 외침.

『하하. 드디어 절대 마법의 시전이 이루어지려나? 과연 그 힘이 얼마나 될지 나도 궁금하도다!』

하마스는 이미 내 앞으로 다가왔고 그 거대한 낫으로 내

목을 자르려고 했다. 그와 동시에 나는 현자의 검으로부터
뭔가 강렬한 에너지가 손끝으로 전해오는 느낌을 받고 있
었다.
　하마스의 낫이 내려쳐졌고 나 역시 검을 들어 그에게 맞
섰다.
　창!
　쨍!
　검들끼리 부딪치는 순간, 거대한 폭발음이 들렸다.
　쾅!

제71장

함정

우르르

먼지가 가라앉고 시야가 트이기 시작했다. 그리고 나는 주변이 초토화가 되었다는 걸 깨닫고 깜짝 놀라고 말았다.

짙게 깔린 녹음은 온데간데없이 사라졌고 내 뒤에 있던 절벽마저 무너져 내려 시야가 확 트였다.

나는 일단 나와 격돌한 하마스부터 살피기로 했다. 하지만 주변에는 마족 정예 시체들만이 산처럼 쌓여 있었다.

다행히 아군 병사들은 산 아래에 머물렀기에 피해는 없어 보였다.

'무, 무슨 일이 일어난 거지?'

하마스가 보이지 않으니 아직 불안했다. 언제 어디서 튀어나올지 모르니 경계심을 늦추지 말아야 했다.

한데 내 신체는 새처럼 하늘을 날 만큼 가벼워져 있었다. 하마스와의 대결이 있기 전까지만 해도 전혀 맥을 못 췄던 나로서는 신기할 따름이었다.

"혹시?"

절대 마법

악마 크라크츠의 말대로 마법 전서의 통합을 이룬 건지? 그리고 지금 내가 살아 있는 게 절대 마법 덕분일지도 모른다는 생각이 들었다.

나는 주변을 걸어 다니며 하마스를 찾기 시작했다. 어디에선가 나를 지켜보고 있을 고대 전사의 수장 파탄의 행방 또한 궁금했다.

하지만 그들을 발견할 수 없었다. 그때 산 밑에서 아군 병사들이 이쪽으로 올라왔다.

"군주님!"

"괜찮으십니까?"

그들 중에는 제인피어도 보였다. 그녀는 냅다 내게 다가오더니만 손을 잡아 주었다.

"아이더 님."

"제인피어."

"드디어 해내셨군요."

그녀는 기쁨으로 가득한 미소를 머금고 다시 말했다.

"고대 아칸의 마법사들이 그렇게도 열망했던 절대 마법을 그대가 완성시켰습니다."

절대 마법이라…… 나는 솔직히 그것을 성취했다는 기쁨보다는 하마스로부터 목숨을 구했다는 것에 안도의 한숨을 내쉬었다. 그도 잠시, 제인피어가 내게 다시 말했다.

"절대 마법은 홀론의 조각을 얻은 자들과 대적할 수 있을 만큼 강한 전투 기술입니다. 하지만……"

하지만 또 뭐란 말인가. 그녀의 다음 말이 이젠 두렵기까지 했다.

"문제는 데리 종족의 헤르기탄과 용족의 신성 제럭이랍니다."

그들 역시 홀론의 조각을 얻은 자들이기에 강하다는 것은 알지만 나는 이미 하마스를 이겨 내지 않았던가. 더 이상 무서울 것도 없었다. 하지만 그녀의 생각은 다른 것 같았다.

"헤르가탄은 홀론의 조각을 얻음으로써 제9테라급이 되었습니다. 홀론 대륙에서 그의 전투력이 가장 강하다고 말씀드리고 싶군요."

그녀는 하마스와 파탄을 그 아래로 보듯 말하고 있었다.

"헤르가탄뿐만 아니라 제럭 역시 마찬가지입니다. 홀론의 주인이었던 용족 사이에 전해 내려오는 전설이 있습니다. 용족이 홀론의 조각, 홀론의 힘을 얻게 될 때 불사의 용으로 거듭난다는 게 바로 그것이지요. 그러니 홀론의 조각을 취한 용족의 신성 제릭은 지금 불사의 존재가 되어 있을 겁니다."

방금 전 절대 마법의 경지에 이르고도 더한 강자, 더 큰 위협이 있다는 얘기를 들으니 기분이 묘했다.

"그들이 그렇게 강한가요?"

"강한 정도가 아니라 이미 신(神)급에 오른 자들입니다. 물론 그대 역시 그들에게 호락호락 당하지 않을 만큼의 새로운 힘을 얻었지만 그들을 압도할 정도로 독보적인 존재는 아니란 거죠."

나는 이내 한숨을 내쉬었다. 산 넘어 산이라, 바로 이런 경우를 두고 하는 말이 틀림없었다.

"그렇다면 당장 내가 할 수 있는 일이 뭐요?"

"마족과 고대 전사들과 전쟁을 치르면서 절대 그들이 끼어들지 않게 기도하는 수밖에요. 만일 헤르가탄과 제릭이 마음을 돌려 우리들의 전투에 참가한다면 그야말로 인간 병사들은 소멸을 면치 못할 것입니다."

그녀가 말하는 의미를 알 것만 같았다. 일단은 마족과 고대 전사를 토벌하고 훗날의 상황은 그때 가서 대처하자는 것이었다.

나는 다시 곰곰이 생각해 보았다. 절대 마법만으로는 아직 그들의 신적인 힘에 못 미친다는 사실에 대하여.

나는 그저 내 한 몸 지킬 정도의 힘을 얻었을 뿐, 아직은 홀론을 정복할 만한 절대 강자는 아닌 것이다. 아니나 다를까. 제인피어는 내 속을 읽기라도 한 듯 다시 말문을 열었다.

"나머지 두 개의 홀론 조각을 얻어야만 이 대륙의 최강자가 될 수 있습니다."

그 말에 기운이 빠지는 것 같았다.

현자의 검을 통해 과거를 들여다본 난 내 처참한 미래를 알고 있었다. 패배하여 폐인으로 전락했다는 사실을 과거의 어린 아이더에게 이미 예고하지 않았던가.

문득 미래의 내가 공주를 찾아가서 뭐라고 말했는지 궁금해졌다. 내가 목격했던 그때의 상황이 아직도 눈앞에 생생히 떠올랐다.

"공주님. 훗날의 그대에게 부탁할 일이 있습니다. 공주님의 운명이 뒤바뀔 수 있는 중대한 일이며 또한 제 마지막 소원이기도 합니다. 제 말을 가벼이 넘기지 마시고 새겨들으셔야 합니다."

물론 공주는 그의 말을 곧이곧대로 들을 이유가 없었다. 헌데 먼 미래의 내가 공주에게 최면을 걸어 그녀의 귓속에 뭐라 속삭이는 것이었다.

제삼자로서 바라보는 나는 그 내용을 들을 수가 없었다.

공주는 어쩔 수 없이 그의 얘기를 듣게 되었는데, 곧 표정이 이상하게 변했다.

잠시 후 괴인은 할 말을 다했는지 그 자리에서 사라져 버렸다. 제정신을 차린 공주는 멍하니 허공을 올려다보았다. 마치 크나큰 충격이라도 받은 것처럼 말이다.

과연 미래의 나는 그녀에게 뭘 말했던가. 혹 그것이 내 운명을 바꿔놓을 만큼 거대한 사안인지, 그리고 또 공주는 어떤 식으로 연관되어 있는 건지 지금의 나로서는 알 길이 없었다.

같은 시각.

파탄은 여전히 피를 토하며 괴로워하는 하마스를 품에 안고 그 상태를 살폈다.

"컥! 컥!"

"이보시오, 하마스. 괜찮소?"

"내, 내가 당한 것이오?"

파탄은 혀를 끌끌 차며 말했다.

"쯧쯧. 상대가 사성의 군주라는 사실을 알고도 그리 경솔하게 덤볐으니 이 꼴이 난 것이 아니요."

하마스는 아직도 자신이 패배했다는 사실을 인정하지 못하고 있었다.

“아무리 그래도 그렇지. 나는 홀론의 조각을 얻은 마족의 수장이오. 그런 내가…… 컥! 컥!”

파탄은 하늘을 우러러 탄식했다.

“홀론의 조각만이 모든 것을 해결해 주는 것은 아닌가 보오. 나 역시 인간이 그런 힘을 지녔다는 자체가 아직도 경악스러울 뿐이요.”

하마스는 그저 누운 채 신음을 흘렸다. 그러고는 잠시 후 파탄의 팔을 힘껏 잡았다.

“나를 살려 주시오. 아니, 내 진영으로 데려다 주오.”

헌데 파탄의 표정에 냉기가 흐르기 시작했다.

“글쎄요. 생각 좀 해 보고요.”

하마스는 올 게 왔다는 듯 체념 어린 표정을 지어 보였다.

“마족과 고대 전사 역시 적대적 관계였다는 깃을 내가 깜빡했나 보오.”

파탄은 고개를 끄덕였다.

“미안하오. 어차피 우린 임시 동맹을 맺은 관계일 뿐! 언젠가는 홀론의 대륙을 차지하기 위해 서로 칼을 맞대야 하는 처지 아니겠소. 그런데 내가 이런 좋은 기회를 놓칠 리가 있겠소.”

파탄은 말이 끝나자마자 가슴 안쪽으로부터 서슬이 시퍼런 단도를 꺼내 들었다.

“이보시오, 하마스. 마지막으로 남길 말은 없소?”

"하기야 내가 그대 입장이 되어도 같은 생각이었을 것이오. 하지만 이것만큼은 알아 두어야 하오. 홀론 대륙의 주인이 될 자는 나도, 아니고 파탄 그대도 아니라는 것을 말이오. 하물며 조금 전 나를 이 꼴로 만든 그 인간 군주도 더더욱 아닐 것이오."

파탄 역시 깊은 한숨을 내쉬며 말했다.

"허, 이것 참. 그건 나도 알고 있소. 이 대륙의 주인은 헤르가탄 아니면 제릭이겠죠. 그 둘은 이미 불사의 존재이자 신에 버금가는 절대 경지에 올랐으니 말이오."

하마스는 애원을 했다.

"어서 나를 죽여 주시오. 차라리 잘됐소. 그자들이 대륙의 주인으로 올라서는 꼴을 볼 바에는 죽는 것이 훨씬 났겠지요."

"하마스. 나 역시 같은 생각이오. 지금의 전쟁은 하수들끼리 장난치는 셈이니 이쯤에서 나도 물러날 생각이오. 다만 한 가지 문제는 반드시 해결을 해 놓고."

"인간들과의 전쟁에서 헤르가탄과 제릭을 끌어들이는 문제 말이오?"

파탄은 껄껄 웃었다.

"허허허. 바로 봤소이다. 그럼 잘 가시오."

파탄은 단도로 그의 목을 베어 버렸다.

삭―

"욱."

목덜미에서 검붉은 피가 쏟아져 땅바닥을 적셨다. 파탄은 하마스를 고이 뉘인 채 나무 잎사귀로 덮어 주었고 두 손을 모아 기도했다.

"이보시오. 그대는 저승으로 가서 내가 하는 일이 잘되기를 도와주시게나. 어차피 조만간 용족은 우리 고대 전사를 도우려 세상 밖으로 나오게 되어 있으니 말이오. 물론 그들을 끌어들이기 위해서는 간계가 필요할 테고 지금쯤 그게 먹혀들어 가고 있을 것이오."

파탄은 잠시 뒷짐을 쥔 채 헤르만 지대와 맞닿은 광활한 밀림을 바라보았다. 그러고는 뭐라 혼자서 중얼거렸다.

"사실 이 밀림에는 지도에도 나와 있지 않은 용족 소속의 작은 마을이 있는데…… 만일 내 계획대로만 된다면 인간들은 그곳을 침범할 테고 용족은 그들만의 엄격한 규율대로 군대를 파견할 게 틀림없어. 허허. 우리가 용족과 동맹을 맺게 된다면 인간은 물론, 강력한 헤르가탄도 저지할 수 있는 새로운 힘을 얻게 되리라. 허허허."

그의 웃음소리가 골짜기에 메아리쳤다.

허허허!

허허허!

*　　　*　　　*

레이카니안은 저 멀리 선발 부대를 이끌고 가는 남편 가르시아에게 큰 소리로 외쳤다.

"너무 깊이 들어가는 거 아닌가요?"

"지도에는 이곳이 헤르만 국경 근처라고 나와 있소. 그러니 걱정 마시오."

"그만 진격하는 것이 좋겠어요. 그러다가 용족의 영토를 침범하기라도 하면 큰일 나요!"

"저 아래 마을 하나가 보이는데 아마 거기까지가 국경의 끝이 아닐까 싶소. 일단 고대 전사 패잔병 놈들의 그리로 숨어들었으니 일망타진합시다."

레이카니안은 뭔가 불안했다.

"그만 돌아가죠."

"그럴 순 없소. 저기까지만 토벌하고 돌아가겠다고 약속하오."

결국 가르시아는 아내의 말을 듣지 않고 마을 쪽으로 향했다.

태양이 서녘으로 질 무렵이었다. 황혼이 짙게 깔린 하늘 아래 아주 평온하고 조용한 마을 전경이 보였다.

이곳은 용족의 영토이면서도 용족이 아닌 요정들이 모여 사는 곳이었다. 한때 용족에게 도움을 주었던 걸 계기로 그들은 이 아늑한 고장에 터전을 이루게 되었다.

헌데 마을은 너무도 조용했다. 아니, 을씨년스러울 정도랄까. 개미 새끼 한 마리도 보이지 않았으니 뭔가 이상했다.

그때 들이닥친 한 무리의 병사들, 그들은 바로 가르시아와 레이카니안이 이끈 인간 병사들이었다. 가르시아가 병사들에게 외쳤다.

"잘들 찾아보라고! 분명 패잔병들이 이곳으로 숨어들었을 테니까!"

병사들은 그의 말대로 건물 안쪽으로 들어가 수색에 열을 올렸다. 잠시 후 한 병사가 급히 가르시아에게 보고했다.

"대, 대장님! 건물 안에 이상하게 생긴 종족의 시신들이 가득합니다."

그때 다른 병사의 보고가 들려왔다.

"여기도 시신들이 있습니다."

가르시아는 고개를 갸웃거리더니 이내 큰 소리로 외쳤다.

"고대 전사 놈들이 아마 우리들의 추격이 두려워 집단 자살이라도 한 모양이지!"

한 병사가 말했다.

"저들은 고대병사가 아닙니다. 그리고 전혀 무장을 하지 않은 가족들로 보입니다."

"무장을 하지 않았다니? 그리고 고대 전사 아니면 누구란 말인가?"

"귀가 뾰족한 것이 요정처럼 생겼는데 노인과 아이들, 여자들까지 누군가에게 무참히 살해당한 것 같습니다."

"뭐라고?"

가르시아의 낯빛이 창백하게 변하는 순간이었다. 그녀의 아내 레이카니안 역시 심장이 떨렸다. 그 둘은 건물 안으로 들어가서 직접 살펴보기로 했다.

잠시 후 눈앞에 벌어진 참혹한 광경에 가르시아는 그만 두 눈이 휘둥그레졌다.

"누, 누가 이런 짓을."

그때 레이카니안이 지도를 펼쳐 보이더니만 뭐라 외쳤다.

"이상한데요. 이 마을은 지도에 나와 있지 않은 곳인데."

"지도에 나와 있지 않다니?"

"여긴 국경 지대가 맞는 것 같은데……가만있어 보자. 여기 안쪽에 호수가 있고……."

그녀는 지도를 보다 말고 냅다 창문 바깥을 내다보았다. 아니나 다를까, 정말 잔잔한 물결을 이루고 있는 호수가 보이는 것이다. 이에 레이카니안은 깜짝 놀랐다.

"호수는 용족의 영토에 있는 것으로 표시되어 있는데요."

순간 가르시아는 손으로 자신의 이마를 세차게 쳤다.

"아뿔싸! 이건 함정이야. 함정이라고!"

레이카니안 역시 다리의 힘이 풀리는 기분이었으리라.

"아마도 고대 전사들이 이들을 죽이고 우리가 죽인 걸로 뒤집어씌우려는 것이 분명해요."

"빌어먹을!"

"이를 어쩌죠. 제인피어 님이 용족의 영토는 절대 침범하지 말라고 그토록 신신당부했는데요. 더군다나 용족은 이들을 우리가 살육했을 거라고 믿을 거예요."

그 둘의 생각이 거기까지 미쳤을 때 이미 상황은 돌이킬 수 없게 되었다.

*　　　*　　　*

용족 회의장의 분위기는 매우 어수선했다. 오늘 아침, 자신들의 영토 안에 기거하던 요정들이 학살당했다는 소식을 전해 받고 긴급회의가 소집되었기 때문이다. 그것도 다른 종족이 아닌 인간 병사들에 의해서 말이다.

이는 감히 상상조차 못 하는 일로 용족 원로들은 분개했다.

"이것들이 감히 용족의 영토를 넘어와서 요정들을 죽이다니."

"당장 군대를 동원해야 하오."

"맞소! 인간들이 하늘 무서운 줄 모르고 홀론의 대륙을 유린하다니. 그동안 마족과 고대 전사들이 대신 상대해 주겠지, 하고 안일하게 보아온 우리들의 실수요."

"그렇소! 인간 군대는 우리가 생각했던 것보다도 훨씬 강력한 것 같소. 베르크 전서에 나와 있는 사성의 화합 따위, 그저 콧방귀를 뀌었지만 보아하니 그들 역시 상당한 힘을 지니고 있는 것 같소. 더군다나 우리의 천적인 드라고나 종족까지 합세한 마당에 더 이상 마음 놓고 있을 수는 없겠소."

그들 중 한 원로가 제왕석에 앉아 있는 신성 제릭을 보며 말했다.

"신성께서는 하루빨리 용단을 내리셔야 합니다."

이에 제릭은 고심했다. 그 역시 당장 이 전쟁에 참여하고 싶었지만 그 자신이 너무도 사랑하는 베아트리체와 한 약속이 있기 때문이었다.

"당신은 절대로 인간과 마족, 그리고 고대 전사 사이의 전쟁에 끼어들지 마세요. 이건 제 절실한 부탁이니 꼭 들어주셔야 합니다."

"알았어. 뭐 나는 이미 불사의 용이 된 상태이니 세상에 그 누구도 무서울 게 없는 몸. 인간들이 제아무리 설치고 다닌다 해도 용족의 영토에는 얼씬거리지 않을 테니 걱정하지 않아도 돼. 그리고 귀찮기도 하고, 뭐."

"분명 저와 약속하셔야 해요."

"약속하지."

"손가락 거세요."

"후후. 뭐 애들처럼 유치하게."

"걸라니까요."

"알았어. 알았다니까."

제릭은 자기도 모르게 쓴웃음을 짓고 말았다. 하지만 원로들은 강경했다.

"당장 용족의 군대를 일으켜야 합니다!"

"신성께서는 어찌 말씀이 없는 것이오."

제릭은 그런 그들을 향해 귀찮다는 듯 한마디 내뱉었다.

"거참. 그까짓 요정들 죽은 거 가지고 소란 피우기는. 만일 용족이 피해를 봤다면 문제는 달라지지만. 그러니까 일단 조금만 더 두고 봅시다."

그 말에 원로들은 난리가 났다.

"그 무슨 당치 않은 말씀이십니까?"

"신성께서 그리 우유부단하면 우리 용족마저 나중에 위험에 처할지 모릅니다."

"맞소. 당장 군대를 일으켜야 하오."

순간 제릭이 그들을 향해 고함을 꽥 질렀다.

"모두 닥치시오!"

"……"

순간 회의장에 냉기가 쫙 흘렀다. 현재 불사의 권능을 지닌 그가 성질을 부린다면 지난번 회의 때 그랬듯, 누구 하나 죽어 나갈 수도 있는 일이었다.

제릭은 용족에게 있어서 절대 군주나 다름없었다. 그의 성격 또한 포악하기로 유명했으니 원로들의 입이 다물어지는 것은 당연한 일이었다. 그때였다. 회의장 입구에서 경비대장이 외쳤다.

"고대 전사 수장 파탄이 이곳에 왔습니다. 그는 신성님을 뵙기 원합니다."

순간 제릭은 고개를 갸웃했다.

"파탄이?"

그는 잠시 생각에 잠기더니만 이내 말문을 열었다.

"그를 안으로 모셔라."

잠시 후 백발노인이 회의장에 들어서자 제릭은 그를 반겨주었다.

"고대 전사 수장께서 여긴 웬일이오?"

파탄은 그를 보자 일단 허리부터 숙였다.

"불사의 용이 되신 것을 경하드립니다."

순간 회의장이 술렁거렸다. 파탄은 고대 전사 수장이 아닌가. 그런 그가 용족의 수장에게 허리를 굽히고 경하드린다는 말을 하는 것은 모든 자존심을 버리고 최대한 예를 갖추는 것이었다.

이에 제릭 역시 당황했다.

“이보시오. 파탄! 이거 민망하게······.”

“민망하다니요. 신성께서는 이제 홀론의 대륙을 통일하실 재목이 되었기에, 저는 미리 신하의 예를 갖추는 것뿐입니다.”

그 말은 고대 전사가 용족의 밑으로 들어가겠다는 의미나 다름없었다.

제릭은 내심 기분이 좋았다. 자신의 불사 권능 앞에 복종을 하겠다는데 기분 나쁠 이유가 없었다.

“하하하. 뭐, 그렇게 생각하신다면······ 그나저나 무슨 용건이 있어서 오셨는지요.”

“아마도 알고 계실 겁니다. 용족의 영토가 인간들에 의해 침범당했다는 사실을 말이죠.”

“마침 그 얘기를 하고 있던 참이었소.”

파탄의 눈빛이 예사롭지 않았다.

“그렇다면 군대를 이끌고 저 오만한 인간들을 징벌하시겠군요.”

그러자 제릭은 고개를 가로저었다.

“별로 그럴 생각 없는데요.”

파탄이 의아한 표정으로 되물었다.

“설마 그들의 행위를 모른 척 지나가려는 것은 아니겠죠.”

“모른 척하는 게 아니라 알고도 그냥 지나가는 거요.”

“무슨 말씀이신지?”

"귀찮아서요."

"귀찮다니요."

제릭은 더욱 거만한 자세로 고쳐 앉더니만 갑자기 호탕하
게 웃었다.

"하하하. 명색이 호랑이가 토끼들이 몰려왔다고 몸을 움직
이는 것 자체가 웃긴 일 아니오? 그래서 지금 웃음이 나오는
거고."

파탄은 그가 그렇게 나올 줄 알았던가. 표정 하나 흐트러
짐 없이 아주 차분하게 말을 이어 갔다.

"그들은 더 이상 토끼가 아닙니다."

"토끼가 아니라 여우라도 상관없소. 어차피 나약한 존재
들."

"신성께선 인간의 군주인 아이더란 자가 하마스를 제압했
다는 사실을 아십니까?"

그 말에 제릭은 깜짝 놀랐다. 물론 회의장 역시 다시 술렁
이기 시작했으니.

"설마 하마스가? 아니, 마족의 수장이 어찌 인간 따위에
게. 더구나 하마스는 홀론의 조각을 얻고 강력한 경지에 이
른 자가 아니오."

제릭은 하마스가 당했다는 말보다는 아이더란 이름이 거
명되었기에 다소 기분이 씁쓸했다. 바로 공주가 그렇게도 보
고 싶어 하던 그놈이 아니던가. 게다가 그자가 하마스를 꺾

을 정도로 강해졌다니…… 이건 그냥 한 귀로 듣고 한 귀로 흘려보낼 수 없는 일이었다.

"하마스가 약해 빠졌던 거겠지. 아무리 홀론의 조각을 얻었다지만. 후후."

물론 파탄이 이 기회를 놓쳐 버릴 리가 없었다.

"아닙니다. 사성의 군주인 아이더가 강하다는 것이 제 생각입니다. 제가 그 전투 현장을 직접 목격했으니까요."

한편 제릭이 앉은 제왕석 뒤쪽에는 작은 밀실이 하나 있었다. 그곳에는 공주 베아트리체가 있었고 아이더란 말을 듣자 깜짝 놀라고 말았다. 원래 그녀는 용족의 회의장에 참석할 수 없는 신분이었지만 제릭의 배려로 그곳에 몰래 숨어서 저들의 얘기를 엿들을 수 있었다.

그녀는 가슴이 두근두근거렸다.

"아이더…… 그가 살아 있어."

그녀는 애써 가슴을 진정시키고는 저들의 대화를 다시 경청했다.

파탄의 설득은 끈질겼다.

"신성께서는 인간들을 토끼, 혹은 여우라 칭하셨는데 이미 저들은 늑대보다도 더 무서운 힘을 지니고 있습니다. 지금 그 예봉을 꺾지 않는다면 그야말로 호랑이 새끼를 잘 자라라고 방치해 두는 것이나 마찬가지입니다."

제릭 역시 고집이 대단한 자였다.

"나는 이번 일에 별로 끼어들고 싶지 않으니 거기까지만 하쇼."

그러자 파탄은 탄식의 소리를 내뱉었다.

"허, 이것 참. 끼어들지 않으셔도 상관은 없지만 그 틈을 타 다른 호랑이가 등장한다면 문제가 심각해질 텐데요."

순간 제릭이 소리쳤다.

"다른 호랑이라니요! 그게 누구지."

"아실 텐데요. 그가 헤르가탄이란 것을."

"헤르가탄이라고!"

"신성께서 불사의 용이 되셨다지만 그가 존재하는 한 일인자가 될지, 이인자가 될지는 아무도 예상 못 하는 일이겠죠."

"이인자라니? 나는 불사의 용이라고!"

"헤르가탄 역시 제9테라급으로서 이미 불사의 존재가 된 상태입니다. 그런 그가 먼저 나서서 인간들을 제압한다면 홀론에서의 그의 명성은 신성을 능가하게 될 것이고 훗날 대륙을 차지하는 데 좋은 명분을 갖게 되는 것이죠."

순간 제릭은 화를 참지 못하고 자리에서 벌떡 일어났다.

"빌어먹을! 감히 나와 그자를 비교해! 그렇다면 내가 그 아이더란 놈을 먼저 처치하고 내 위명을 떨쳐야 하겠군."

파탄은 내심 흐뭇했다. 그가 원하던 것은 바로 경쟁심을 일으켜 제릭의 마음을 돌리는 것이었다.

용족 원로들 역시 다들 기뻐했다.

"신성께서 바른 판단을 하신 것입니다."

"맞습니다. 이 기회에 그 위대한 위명에 오점을 남기지 않도록 하시기 바랍니다."

그러나 제왕석 뒤, 밀실에 숨어서 저들의 대화를 듣고 있던 베아트리체는 심장이 철렁했다. 만일 불사의 용 제릭이 나선다면 아이더는 죽게 될 것이고 인간들은 소멸을 면치 못할 것이기에 말이다.

'아, 안 돼. 절대 제릭이 나서지 않게 해야 해.'

그녀는 어찌나 놀랐는지 눈물마저 글썽이려 하였다. 그토록 듣기 원했던, 아이더가 살아 있다는 소식에 대한 기쁨보다는 곧 그에게 엄청난 재앙이 닥친다는 생각에 좌절감이 들었던 것이다.

제릭의 결심은 굳건했다.

"당장 군대를 일으킬 것이오. 그리고 아이더는 내가 직접 벌하겠소."

회의장 여기저기서 터지는 박수 소리.

짝! 짝!

"신성 만세!"

파탄은 다시 허리를 숙여 그의 결심에 예를 표했다.

"과연 진정한 제왕이십니다. 헤르가탄이 나서기 전에 부디 대업을 이루시기 바랍니다."

제릭은 두 주먹을 불끈 쥐었다.

'헤르가탄이라…… 맞아, 그놈이 있었지. 훗날 내 쌍둥이 아들이 태어나면 가장 위협이 될 존재. 그전에 내가 싹을 잘라 둘 필요가 있어.'

사실 제릭이 유일하게 두려워하는 상대는 헤르가탄이다. 테라 종족은 마족과 고대 전사 간에 태어난 혼혈종족으로서 두 종족의 장점만을 가지고 태어난 새로운 강자들이었다. 그들의 세계에서는 전투력 등급을 테라급으로 구분했는데, 제1테라급에서 제8테라급까지는 자연스레 올라갈 수 있는 등급이었다. 하지만 제9테라급은 그 누구도 이르지 못할 신의 경지였다.

'제길.'

헤르가탄은 바로 신의 경지에 이른 유일무이한 자이다. 제릭 그 자신이 불사의 용이라면 헤르가탄 역시 초월의 경지를 뛰어넘은 절대 강자이다. 언젠가 마주쳐야 할 숙명의 상대가 아니던가.

제72장

진정한 강자 헤르가탄

오늘 역시 제릭은 베아트리체와 함께 밤하늘을 올려다보
며 저녁의 흥취를 만끽하고 있었다. 그로서는 매일 이 순간
이 가장 행복했다. 자신의 모든 정열을 아낌없이 쏟아 붓고
싶었다. 너무나 아름답고 말 많은 여인 베아트리체, 이대로
영원히 같이 있을 수만 있다면…….

하지만 왠지 그녀는 오늘따라 시무룩한 얼굴이었다.

제릭은 무슨 일인가 묻고 싶었지만 일단 그녀가 먼저 말
문을 열 때까지 기다리기로 하였다.

"……."

"……."

둘 사이에는 한동안 침묵이 흘렀고 결국 제릭이 걱정스러운 얼굴로 먼저 말을 건넸다.

"무슨 안 좋은 일이라도 있어? 왜 아까부터 인상이 구겨져 있지."

"……."

그가 물었지만 공주는 대답하지 않았다.

"나와 말도 하지 않을 정도로 너를 화나게 한 일이 뭔지 궁금하군. 아니면 혹시 향수병이라도 걸렸나? 그렇다면 당장 나와 함께 인간계로 가든지."

공주는 싫다는 듯 고개를 가로저었다.

"대체 뭐야. 말을 해 보라고."

그제야 그녀는 제릭의 얼굴을 바라보며 겨우 말문을 열었다.

"제릭 님."

"오호라! 드디어 말을 하는군."

"아까 회의장에서요……."

순간 제릭이 그녀의 말을 끊었다.

"아! 그것 때문에 화가 난 것이로군. 내가 전쟁에 참여하기로 한 거 말이야."

공주는 힘없이 고개를 끄덕였다.

"네."

제릭은 한숨을 내쉬며 자기 생각을 토로했다.

"너도 회의장 분위기를 봐서 알겠지만 어쩔 수 없는 일이
잖아. 물론 너와 약속한 건 알고 있어. 인간들을 절대 해치
지 않기로 한 그 약속 말이야. 하지만 그들이 먼저 용족의
영토를 침범해서 요정들을 학살했고, 아이더 그놈이 하마스
를 죽인 상황에서 더 이상 내가 가만있을 수는 없잖아."

"……."

베아트리체는 여전히 침묵으로 일관했다. 제릭은 그런 그
녀를 보고 있자니 더욱 애가 타들어 갔다.

"이미 결정난 일이니까 잔소리할 생각 마."

그때 베아트리체가 침묵을 깨고 입을 열었다.

"진짜 아이더를 해칠 생각이세요?"

제릭은 쓴웃음을 지어 보였다.

"후후. 그 얘기 왜 안 물어보나 기다렸지."

"제 질문에 답부터 주세요."

제릭은 잠시 골몰했고 조심스럽게 말문을 열었다.

"죽여야지."

"……."

"용족과 나의 명분이 걸려 있는 만큼 네가 나설 일이 아
니야."

공주는 속에 있던 말을 하기로 했다.

"파탄이란 작자가 당신과 헤르가탄을 이간질시켜서 결국
싸움으로 끌어들인 것은 아시나요?"

"이간질이라니? 나와 헤르가탄은 어차피 숙명적으로 대결해야만 해."

"그런데 왜 아이더와 인간들을 죽여야 한다고 하지요? 정말 명분 때문이라면 헤르가탄만 제거해도 되는 거잖아요."

"그럼 나도 솔직하게 말할까? 그토록 그리워하고 마음속에서 잊지 못하는 아이더를 없애야만 네가 나한테 더 가까이 다가올 수 있을 테니까."

그러자 그녀는 제릭을 한심한 듯 바라보았다.

"정말 어이없군요. 아이더를 죽인다면 제 마음이 완전히 당신을 떠나게 될지도 모른단 생각은 안 해 보셨나요?"

그는 그녀의 말을 인정하듯 고개를 끄덕였다.

"물론 해 봤지. 하지만 그가 살아 있는 한 어차피 나는 껍데기 인생에 불과하지. 그저 너를 사모하며 늙어 죽어 가는 가련한 용 말이야. 그럴 바에야 차라리 그놈을 죽이고 네가 마음을 돌려먹을 때까지 기다리는 것이 낫다고 판단되거든."

"참으로 쉽게 말하는군요."

"과연 내가 어느 쪽을 선택할지 네가 그 답을 준다면 그렇게 하겠어."

공주는 잠시 눈을 지그시 감았다 떴다. 그러고는 매우 진중한 표정으로 그를 바라보았다.

"그렇다면 제가 답을 드릴까요?"

"좋지. 네가 원하는 것이라면 뭐든지 해 줄 수 있다고 자신하지. 다만 전쟁 참여와 아이더 문제는 빼고."

그녀는 단호하게 말했다.

"아니요! 전쟁에도 참여하지 말고 아이더도 해치지 말아요. 그게 당신이 선택할 답입니다."

순간 제릭은 웃고 말았다.

"하하. 어이가 없군. 너도 차지하지 못하고 아이더마저 살려 두라니. 너무 네 입장에서만 생각하는 거 아냐?"

"아무 조건 없이 그리해 달라는 건 아니에요!"

"그럼 뭔데?"

"제가 만일 당신의 청혼을 받아들인다면……."

순간 제릭은 깜짝 놀랐다.

"뭐라고?"

"제 조건을 받아들일 수 있겠어요?"

제릭의 자신의 귀를 의심했다.

"진심으로 묻는 건가?"

"진심입니다."

"……."

제릭은 잠시 생각해 보기로 했다. 보아하니 그녀는 진정 자신의 종족과 아이더를 사랑하고 있음이 틀림없었다. 자신의 희생으로 그들을 구하고자 하는 그녀의 마음. 하지만 씁쓸했다.

"순전히 희생양이 되겠다는 것이군."

"아니요? 저 역시 당신에게 마음이 있거든요. 제 성격상 좋아하지 않는 자와는 절대 결혼하지 않아요."

그는 자신을 좋아한다는 말에 표정이 환해졌다.

"정말인가?"

"정말입니다. 그동안 당신이 제게 베푼 마음에 감동받고 있는 중이거든요. 그리고 선함이 깃들어 있는 착한 용이라는 것도 이젠 알겠고요. 게다가 당신, 제법 매력 있어요."

"매력이라니? 하하. 이것 참. 신성이라 불리는 내가 몸 둘 바를 모르겠는데."

공주는 한숨을 내쉬며 말했다.

"물론 제 마음속에는 아직도 아이더가 자리 잡고 있습니다."

"그건 내가 더 잘 알지. 하지만 앞으로 나를 그놈보다 더 좋아하게 만들 자신이 있어."

베아트리체는 다시 물었다.

"약속해 줘요. 인간의 전쟁에 끼어들지 말고 아이더를 해치지 않겠다고요."

그녀가 내민 새끼손가락. 제릭은 물끄러미 그녀를 바라보다가 재빨리 손가락을 내밀었다.

"약속!"

"고마워요."

"고맙긴! 내가 더 고마워해야겠지. 네가 내 아내가 된다면 예언대로 쌍둥이 아들을 낳아 주는 거잖아."

제릭은 너무 기쁜 나머지 자리에서 일어나 두 팔을 위로 뻗쳤다.

"와우. 하하하하."

그러다가 발을 삐끗해서 미끄러졌다.

벌러덩.

"악!"

지붕에서 정원 아래로 떨어지고 말았다. 하지만 그의 기쁨은 오히려 그를 더욱 흥분하게 만들었다. 오죽했으면 정원을 휘젓고 다니며 꽃들을 꺾을까.

잠시 후, 그가 한 다발의 꽃들을 안고 지붕 위로 펄쩍 뛰어올랐다. 그러고는 그녀에게 내밀며 무척이나 정중한 목소리로 말했다.

"자! 그대에게 정식으로 청혼을 할게. 내 아내가 되어 주겠나?"

공주는 잠시 머뭇거리더니만 이내 그의 꽃을 받아 들었다.

"네."

"하하."

"……"

＊　　　＊　　　＊

고대 전사는 용족과의 동맹에 실패하고 인간 군대에게 밀려 고전을 면치 못하고 있었다. 특히 마족의 수장 하마스의 죽음으로 마족의 사기는 바닥으로 떨어졌고, 지리멸렬하게 각 지역으로 흩어져 인간 병사들에게 추격, 소탕당하고 마는 신세가 되었다.

사성의 군주 아이더를 주축으로 삼은 인간은 홀론에서 제법 큰 영역을 차지함으로써 그 입지를 단단히 다졌다. 이에 수장 파탄은 자신의 종족을 도와줄 마지막 희망의 끈을 찾았으니, 그가 방문한 곳은 바로 테라 종족의 수장 헤르가탄의 궁궐이었다.

"어서 오시오."

헤르가탄은 파탄을 반갑게 맞아 주었고 자리로 안내했다. 파탄은 찻잔을 들어 한 모금 마시고는 말을 건넸다.

"그동안 잘 계셨습니까?"

"나야 뭐, 늘 그렇죠. 그나저나 그대의 종족이 인간 놈들에게 고전을 면치 못하고 있다는데, 그게 사실이오?"

파탄은 어깨를 축 늘어트리며 힘없이 말했다.

"참으로 부끄러운 일이오. 애초 그들을 얕본 것이 패착인 것 같소."

헤르가탄은 코웃음을 쳤다.

"흥. 그래 봐야 인간 나부랭이들이죠. 내가 보기에는 고대 전사와 마족의 전력이 생각보다 약한 듯싶은데요. 하하하."

파탄은 그의 비아냥거리는 말투에도 그다지 변명하고 싶은 마음이 없었다. 오늘 그가 여기에 온 목적은 어떡하든 그를 전쟁에 끌어들여 인간들의 기세를 막는 것에 있었다.

"헤르가탄, 그대는 인간들의 저 오만함에 아무렇지도 않은 거요?"

"……"

파탄의 질문에 그는 잠시 침묵을 지켰다. 잠시 후 그가 말했다.

"나를 만나러 온 이유가 내 도움을 청하기 위해서가 맞소?"

파탄은 그의 눈을 똑바로 쳐다보며 당당히 말했다.

"그렇소. 이 시점에서 테라 종족이 나서야 할 것 같소. 언제까지 저놈들을 두고 볼 것입니까? 인간은 이미 홀론 대륙에서 상당한 영역을 차지하며 세를 불리고 있소이다. 만일 저대로 가만둔다면 머지않아 모든 것을 집어삼킬 것이오."

"……"

헤르가탄은 다시 입을 다물었다. 그런 그의 모습에 파탄은 답답하지 않을 수가 없었다.

하지만 그에게는 아직 희망이 있었다. 바로 인간 군대를 이끌고 있는 아이더와 드라고나 종족의 수장 테디우스에 관해 수집한 정보가 있었기 때문이다. 정보가 사실이라면 사성 중 그 두 명에 대해 언급하는 것으로 헤르가탄의 마음을 움직일 수 있을 것이라 내다봤다.

"헤르가탄. 그대의 아들 아론을 죽인 자가 현재 사성의 군주인 아이더란 사실을 알고 있겠죠."

"……."

헤르가탄의 눈빛이 가늘게 떨렸다. 하지만 여전히 입을 꾹 다물고 있었다.

파탄이 다시 말했다.

"테디우스 역시 한때 그대의 제자로서 서로 간에 사제지간 아니었나요? 그런 그놈이 불경하게도 드라고나 종족의 수장이 되어 홀론 대륙을 유린하고 있으니 어찌 그들을 그저 지켜만 보는 것이오."

"……."

"왜 아무런 말씀이 없는 것이오? 특히 그대의 아들을 죽인 원흉이 자기 발로 이곳에 나타났는데 정녕 복수를 원치 않는 것이오?"

그제야 헤르가탄은 겨우 입을 뗐다.

"복수라…… 애비로서 아들을 죽인 놈을 가만 놔두면 그건 말도 안 되는 법!"

"그렇다면 어찌 그리도 무관심한 것이오?"

그때 헤르가탄은 자리에서 일어나더니만 창가로 가서 붉은 노을을 바라보았다.

"황혼은 언제 봐도 아름답군요."

이번엔 파탄이 말문을 잃었다. 그렇게도 호전적이고 전투적이었던 그가 아들의 죽음에 대해 별 반응을 보이지 않는다는 게 이해되지 않았던 것이다.

"지금 저녁노을이나 감상할 때가 아닌 것 같은데요."

헤르가탄은 여전히 주황빛 햇살에 얼굴을 드러낸 채 자연의 대장관을 감상했다. 그리고 잠시 후, 그는 다소 떨리는 음성으로 말문을 열었다.

"그대는 내가 진정 아들의 죽음에 무관심하다고 보는 것이요?"

"솔직히 그렇소. 사실 인간들이 홀론 대륙을 침범했을 때 그 누구보다도 그대가 먼저 나서서 그들을 징벌하리라 보았소. 헌데 여태껏 아무런 행동을 취하지 않으니 나는 그게 도저히 납득이 가지 않소."

그때 헤르가탄의 눈빛에 살기가 돌았다. 그의 음성 역시 독기로 가득했다.

"내가 어찌 아들을 죽인 원흉을 가만히 두고 볼 수 있었겠소. 그동안 내가 움직이지 않았던 것은 아직 진정한 힘을 찾지 못했기 때문이었지요."

파탄은 의아했다.

"진정한 힘이라니요? 그대는 제9테라급의 경지에 오르지 않았소?"

헤르가탄은 고개를 절레절레 흔들었다.

"그건 헛소문이었죠. 후후."

파탄은 깜짝 놀랐다.

"헛소문이라니요!"

"홀론의 조각을 얻은 뒤, 그것을 내 신체에 융화시키기까지의 과정이 예상보다 길더라고요. 하지만 걱정 마시오. 그 길고 길었던 융화 과정이 어제 끝났으니 나는 오늘부터 진정한 제9테라급의 힘을 사용할 수 있소. 물론 이제부터 내 복수는 시작될 것이고 인간들의 씨가 마를 때까지 내 권능을 마음껏 사용할 것이오. 일단 내 아들을 죽인 장본인 아이더와 제자였던 테디우스부터 찾아가 당장 찢어죽일 것이오."

파탄의 얼굴에 화색이 돌았다.

"오! 그런 연유가 있었군요."

"나는 이제 홀론에서 적수가 없을 정도로 강대해졌소. 물론 용족의 신성이자 불사의 용인 제릭 정도가 내게 겨우 반항할 정도의 전투 능력을 지녔지만 그 역시 내 상대는 아니라고 보오. 나는 이미 신의 경지에 올랐기 때문이죠."

파탄은 감탄했다.

"그게 바로 내가 원했던 것이오."

하지만 헤르가탄의 표정은 그리 밝지 않았다.

"한데 내 힘이 어디까지인지 나로서도 측정할 수 없으니 한편으로는 답답하구려."

그는 말하다 말고 갑자기 파탄을 노려보며 살기 가득한 말투를 내뱉었다.

"그대 역시 홀론의 조각을 얻은 고대 전사의 수장이니 나름대로 강한 전투력의 소유자겠죠. 후후."

파탄은 심장이 철렁했다. 그가 왜 그런 말을 꺼내는지 말이다.

"아, 아니. 그대에 비하면 조족지혈에 불과하겠죠. 어디 감히 저와 비교를 하겠습니까."

헤르가탄은 더욱더 음흉한 미소를 띠었다.

"후후. 하지만 난 당장 비교를 하고 싶은데요."

순간 파탄은 두려운 나머지 뒷걸음질을 쳤다.

"설마 저를 상대로……."

"이보시오 파탄. 그대도 이제는 살 만큼 산 것 같은데 저승으로 가서 평온을 취하고 싶은 생각은 없소?"

파탄은 벌써부터 숨이 막히는 것 같았다.

"아, 아니. 왜 나한테 이러시오."

그는 헤르가탄이 내뿜는 기도에 두 손으로 자신의 목을 부여잡고 괴로워했다.

"컥! 컥! 사, 살려 주시오."

헤르가탄은 스스로의 능력에 놀라워하고 있었다. 아직 일 할의 공력조자 사용하지 않았건만 저 파탄이 숨이 막힌 채 고통에 몸부림을 치는 것이 아닌가.

"살려 주시오."

"지금 엄살 부리는 것은 아니겠죠? 그대는 그래도 홀론의 조각을 취한 고수인데……."

파탄은 절규했다.

"제발 살려 주시오. 컥! 컥!"

하지만 헤르가탄은 자신의 공력을 시험해 볼 수 있는 이 좋은 기회를 놓치고 싶지 않았다.

'고작 1할에 저 정도인데 내가 만약 2할로 끌어 올린다면?'

결국 그는 약간의 공력을 더 보태기로 했다. 잠시 후 파탄의 몸이 산산조각이 나는 것이 아닌가.

팍!

마치 난도질당한 돼지 사체처럼 사방에 흩어진 파탄의 몸. 바닥은 피와 골수로 낭자했다. 헤르가탄은 감탄을 금할 길이 없었다.

"하하. 이럴 수가! 내가 이렇게 강해졌단 말인가?"

그는 천진한 어린아이처럼 좋아했다.

"하하하하."

＊　　　＊　　　＊

헤르가탄이 이끄는 테라 종족의 등장으로 인간들의 기세는 누그러졌다. 그들의 강함은 이루 말할 수 없을 정도였다. 가장 낮은 등급인 제1테라 전사조차 날개를 펼치고 고공비행을 할 수 있었고 제5테라급 이상의 전사들은 손쉽게 드라고나 종족에게 맞서며 제공권 확보에 열을 올렸다.

드라고나는 수적 열세에도 불구하고 마구 불길을 내뿜었지만 테라 종족의 두툼한 군장과 방패를 재로 만들기에는 역부족이었다.

하늘을 나는 테라 전사들은 인간 지상군에게 무차별 공격을 감행했으니, 점차 인간의 영토를 잠식해 들이갔다. 전황은 테라 종족에게 유리하게 기울어져 갔지만 그들은 서두르지 않았다.

대신 포로로 잡힌 인간 병사들을 잔인하게 고문해서 죽이기 시작했으니, 이유인즉 헤르가탄의 분노가 하늘을 찔렀기 때문이다.

사실 그의 강대한 힘은 당장 인간들을 소멸시키기에 충분했다. 하지만 그는 그럴 생각이 없었다.

자신의 아들을 죽인 아이더와 그의 종족에게 아주 천천히, 최대한 고통을 주며 그것을 즐기기로 했던 것이다.

그거야말로 그가 적에게 해 줄 수 있는 최고의 복수극이
었다. 살아 있는 인간을 꼬챙이에 끼워 지면에 박아 두고
고통에 신음하며 죽어 가는 모습을 바라보며 헤르가탄은
기뻐했다.

평야에는 무려 만여 명에 달하는 인간들이 그와 같은 생
지옥을 겪으며 죽어 가고 있었다. 이제 헤르가탄은 공포의
대살육자이자 전례가 없을 정도로 흉측하고 광폭한 악마로
변해 갔다.

나를 포함한 사성, 그리고 제인피어는 긴급회의를 진행
중이었다.

"헤르가탄은 전쟁을 하는 것이 아니라 아주 고문을 즐기
고 있는데 정말 미칠 노릇이군요. 그는 언제든 아군을 멸살
할 만한 능력이 되건만 그렇게 하지 않는 이유가 뭔지 도통
모르겠소."

나는 헤르가탄의 의도를 알 수 있었다. 내가 그의 아들
아론을 죽이지 않았던가. 그는 내 앞에 나타나 당장에라도
내 목을 끊을 수가 있었다. 하지만 그렇게 하지 않는 이유
는 너무 간단히 복수의 끝을 장식하고 싶지 않기 때문임이
분명했다.

내가 군주로 이 자리에 있을 때 내 동족을 고문하고 죽임
으로써 서서히 피를 말리려는 심산이었다.

사실 현재 내 가슴은 찢어질 듯 아팠다. 하루에도 수천 명의 아군이 적들의 포로가 되어 끔찍한 고문을 당하고 있으니 말이다. 늦은 감이 있지만 지금이 내가 할 수 있는 단 한 가지를 실행해야 할 시점이었다.

"아무래도 내가 나서야겠소."

순간 일행의 시선이 일제히 나를 주목했다. 제인피어가 말했다.

"그건 안 돼요."

"아니요. 더 이상 아군이 희생되는 건 참지 못하겠소. 복수의 대상은 바로 나인데 어찌 내 동족들이 무서운 형벌을 받아야 합니까."

제인피어는 고개를 세차게 흔들었다.

"당신은 그와 만나는 순간 뒹힐 것입니다. 그는 이미 절대 경지에 오른 존재이기에……."

나는 그녀의 말을 끊었다.

"방법이 없잖소! 어차피 진작부터 나섰어야 했는데 너무 늦었소."

나는 자리에서 벌떡 일어났다. 그러자 그녀가 내 팔을 붙잡고 만류했다.

"그대가 홀론의 조각을 얻기 전에 그를 만나는 것은 자살 행위입니다. 그러니 일단."

나는 그 말에 체념 어린 표정을 지어 보였다. 그리고 솔직한 심정을 토로하기로 했다.

"나는 홀론의 조각을 얻지 못할 것입니다."

이번엔 가르시아가 불안한 눈빛으로 말했다.

"얻지 못하다니요? 제인피어 말에 의하면 그대가 지닌 현자의 검이 그걸 찾도록 안내해 준다 하지 않았소."

한숨이 절로 나왔다.

"후. 이런 말 하지 않으려 했지만 이제는 해야겠소. 현자의 검이 내게 보여준 것은 내 미래에 관한 일뿐, 다른 것은 없었지요."

제인피어가 떨리는 음성으로 물었다.

"미래라니요?"

나는 눈을 지그시 감고 손으로 이마를 짚었다. 갑자기 현기증이 나고 다리가 떨려 왔기 때문에 잠시 호흡을 가다듬었다.

"나는 분명 볼 수 있었지요. 먼 미래의 내 모습을 말이죠. 모든 것을 잃은 폐인이 되어 있더군요. 바로 내가 말이오."

제인피어의 두 눈이 휘둥그레졌다.

"그거 무슨 말이죠?"

"어차피 이 전쟁은 희망이 없습니다. 미래는 이미 결정된 것이니까요."

"당신이 뭘 봤는지 모르지만 미래는 이미 만들어진 것이 아니라 만들어 가는 것이랍니다. 설령 현자의 검이 그런 암

울한 미래를 당신에게 보여 주었다 할지라도, 인간은 스스
로의 의지에 따라 앞날을 바꿀 수 있지요. 그리고 현자의
검이 그런 미래의 당신을 왜 만나게 해 주었는지, 그 이유는
생각해 보지 않았나요?”

“그건 나도 모르겠소. 다만 한 가지 분명한 것은 그대들
모두가 죽임을 당한다는 것이오.”

나는 말이 끝나자마자 현자의 검을 챙겨 들었고 떠날 차
비를 했다.

“일단 헤르가탄을 만나러 가야겠소. 그가 원하는 것은
바로 나니까 내가 나서면 그대들과 동족의 소멸은 막을 수
도 있을 겁니다. 어쩌면 현자의 검은 이런 선택을 하도록 내
미래를 보여 주었는지 모르지요.”

제인피어는 여전히 내 팔을 잡아끌었다.

“아이더 님! 가면 안 돼요.”

나는 그녀의 팔을 뿌리쳤다.

“미안하오.”

그때였다. 잠자코 있던 테디우스가 자리에서 벌떡 일어나
는 것이 아닌가.

“함께 가지.”

“테디우스⋯⋯.”

그는 내 어깨에 손을 얹으며 말했다.

“나는 홀론의 조각을 얻어 드라고나 종족의 수장이 될

정도로 강해졌고 자네는 절대 마법의 경지에 올랐으니, 우리 둘이 힘을 합치면 헤르가탄을 제압할 수도 있을 걸세."

그러자 가르시아와 레이카니안 부부도 동시에 일어났다.

"거기에다 우리들 힘을 보태면 더욱 승산이 있을 테고."

나는 그들의 참여가 달갑지 않았다.

"그대들의 도움은 사양하겠소. 어차피 이 일은 나 혼자 해결할 문제이니."

그때 가르시아가 내 앞으로 다가와 눈을 노려보며 뭔가 확신에 찬 음성으로 말했다.

"군주! 우린 사성의 화합 이후 끝까지 함께 가기로 했잖소. 물론 그대가 우릴 이끌어 줘야 하고. 만일 이를 어긴다면 군주로서 직무유기를 하는 셈이오. 그러니 부디 우리 넷이서 함께 그 악마 같은 놈을 해치웁시다."

나는 더 이상 그들의 합류를 거절할 수가 없었다. 사실 너무도 힘이 되어 주었다. 테디우스 말대로 우리가 힘을 합친다면 그 결과가 달라질 수도 있는 법이었다. 일말의 희망이만 나는 그 작은 끈을 잡기로 결정했다.

제73장

공력 대결

그로부터 6개월 후.

제릭과 베아트리체는 행복한 나날을 보내고 있었다.

"여보. 당신과 이렇게 매일 함께 있는 것이 꿈만 같아."

"여보라니요. 징그럽게."

"부부가 된 지 어언 반년이 흘렀는데 아직도 여보란 호칭이 어색한가?"

"마치 아줌마가 된 기분이거든요."

"하하. 당신 뱃속에 우리 아이들이 무럭무럭 자라고 있으니 당연히 아줌마가 아닌가."

"아직은 제 이름을 부르는 게 자연스럽거든요."

제릭의 그녀의 배를 조심스럽게 만져 보았다.

"녀석들! 엄마 뱃속에서 무럭무럭 자라라. 진짜 예언대로 쌍둥이라면 훗날 용족을 이끌어 갈 재목으로 성장하겠지. 자! 어서 태어나라. 홀론의 조각들이 너희를 기다리고 있으니 말이야."

그때 베아트리체가 매우 근심 어린 얼굴로 제릭에게 물었다.

"정말 그렇게 모른 척하실 거예요?"

"모른 척하다니?"

"그것 봐요. 또 잡아떼잖아요."

순간 제릭은 한숨을 푹 내쉬었다.

"후. 그건 절대 안 돼."

"왜 안 되는 거죠?"

"우리 용족이 저들 싸움에 끼어들게 되면 그때는 전면전이 벌어질 테니까."

그의 말에 베아트리체는 눈물을 글썽였다.

"내 동족들이 잔인한 고문으로 죽어 가고 있단 말이에요."

제릭은 다소 냉담했다.

"그거야 인간들이 먼저 자초한 일이잖아. 애초 홀론 대륙에 발을 들이지 않았다면 헤르가탄에게 그리 당하지도 않았을 거고."

"정말 너무하는군요. 뱃속에서 자라는 당신 아이들 역시 인간의 피가 반씩 섞여 있는데 어찌 그리도 매정하게 구는 거죠."

제릭은 급기야 두 손으로 귀를 막아 버렸다.

"그만! 그 얘기는 백번도 더 들었으니 그만하지. 흠. 만일 내가 군대를 일으켜 인간들을 돕게 된다면 테라 종족은 죽일 듯 달려들 테고 용족이 받는 피해는 이만저만 큰 게 아닐 거야."

인간이 무서운 고통을 받고 있는 이 절박한 상황에서 베아트리체는 한 치도 물러설 생각이 없었다.

"솔직히 당신은 헤르가탄이 두려운 거죠?"

그 말에 제릭이 인상을 팍 찡그렸다.

"두려워하다니! 불사의 용인 내가 그런 혼혈 잡종 놈을 무서워한다는 것이 말이 돼!"

"쳇. 왜 소리는 지르고 그래요. 아니면 아니지."

애초 그녀의 의도는 남편의 승부사 기질을 건드리는 것이었다. 헌데 생각보다 잘 들어맞았다.

"내 당장 그놈을 만나서 요절을 내줄까 보다!"

"참아요. 아무래도 당신이 안 되겠어요. 헤르가탄은 이미 신의 경지에 오른 절대 무적이라고요."

"말도 안 되는 소리! 절대 무적은 바로 나라고! 불사의 용인 이 신성 제릭 말이야."

바로 그때였다.

정원 입구에서부터 경비대장이 이쪽으로 허겁지겁 뛰어오는 것이었다. 그는 제릭 앞에 다가와 허리를 숙여 예의를 표했다.

"신성이시여. 큰일 났습니다."

"큰일이라니."

"헤르가탄이 단신으로 나타나 궁궐 문 앞에서 소란을 피우고 있습니다."

"헤르가탄이라고!"

"분명 그가 맞습니다."

"그놈이 왜 갑자기 나타나서 소란을 피우는 것인가!"

"신성을 만나러 왔으니 당장 보자고 합니다."

"나를?"

"네."

"당장 가자."

제릭은 경비대장과 함께 당장 그리로 향했다. 이에 베아트리체 역시 무슨 일인가 하고 그 둘을 따라나섰다.

잠시 후.

성벽 바로 아래 팔짱을 낀 채 떡하니 버티고 있는 녹색 군장의 사내, 그는 바로 테라 종족의 수장 헤르가탄이었다.

"엄연히 테라 종족의 수장 자격으로 너희들의 신성을 만나리 왔거늘 이리 푸대접하다니! 당장 성문을 열지 않으면 박살을 내버리겠다!"

전혀 예고도 없이 나타나서는 엄포를 놓는 그를 용족 병사들이 고운 시선으로 볼 리가 없었다.

"예의는 그대부터가 먼저 어기지 않았소. 원래 종족 대표들끼리의 만남은 전령을 통한 사전 약속이 되어야 가능한데, 어찌 갑자기 나타나서 막무가내로 나오는 것이오. 당장 돌아가지 않으면 가만두지 않을 것이니 알아서 하시오."

헤르가탄은 코웃음을 쳤다,

"흥. 가만두지 않으면? 세상에 나를 어쩔 놈이 존재하지도 않건만."

결국 병사들은 용으로 변신한 후 그에게 달려들었다. 하지만 헤르가탄의 주변 반경 수백 미터에 이미 거대한 방어막이 쳐 있었으니, 그걸 뚫고 들어가지 못했다. 그야말로 엄청난 기도가 풀풀 뿜어 나왔으니 접근은커녕 펑펑 나가떨어지기 일쑤였다.

"봤느냐. 내 강대한 힘을. 하하하. 자! 쓸데없는 짓 하지 말고 당장 너희의 신성께 나를 안내하라. 아니면 지금 당장 성벽 전체를 무너트릴 것이다."

그는 말이 끝나기가 무섭게 손을 치켜들어 성벽 쪽을 가리켰다. 순간, 대지로부터 강한 진동이 일어났고 성벽이 흔들리는 것이 아닌가.

우두둑.

바로 그때 성루에서 들려오는 중후한 음성.

"후후. 명색이 한 종족의 수장께서 남의 집 문 앞에서 뭐 하는 짓이요."

목소리의 주인공은 바로 불사의 용 제릭이었다. 헤르가탄은 그를 보자 호탕하게 웃었다.

"이거 미안하오. 사전에 전령을 보내 약속을 잡았어야 했는데 우연찮게 이 근처를 지나다가 그대가 갑자기 생각이 나서 말이요."

제릭은 부하를 시켜 성문을 열게 했다.

"들어오시오. 내 병사들이 무례를 범했다면 넓은 아량으로 용서해 주시오."

헤르가탄과 제릭은 탁자 하나를 두고 차를 마셨다. 겉으로 봐서는 평온한 것 같지만 그 둘 사이에는 이미 알게 모르게 기 싸움이 벌어지고 있었다.

"불사의 용이 되셨다니 늦었지만 이제라도 축하드리는 바요."

"나 역시 그대가 신의 경지에 올랐다는 말을 듣고는 한번 만나 보고 싶었소."

순간 헤르가탄은 실소를 흘렸다.

"후후. 만나서 어쩌려고요!"

"……."

다소 도발적이 말투였지만 제릭은 그냥 넘어가기로 했다.

"차 맛이 어떻소?"

"씁쓸한 게 내 입맛에는 별로인 거 같은데요."

그는 찻잔을 뒤집어 찻물을 바닥에 쏟았다. 그런 무례한 행동에 제릭의 눈썹이 치켜 올라갔다.

"성질이 무척 더럽다는 얘기는 들었는데 직접 대하니 듣던 것보다 더한 것 같소."

"하하. 신성께서도 한 성질 한다고 하던데 아무렴 그대보다 내가 더하겠소?"

"그건 그렇고 무슨 일 때문에 나를 보러 왔소?"

헤르가탄은 제릭의 얼굴을 빤히 쳐다보더니만 다소 노골적으로 비아냥거렸다.

"불사의 용이라면 절대 죽지 않는다는 의미가 맞을 텐데 과연 그런지 한번 시험해 보러 왔소이다."

제릭의 불같은 성격대로라면 그 말에 벌써 대노했겠지만, 상대가 상대이니만큼 애써 차분하게 받아쳤다.

"그대 역시 신의 경지에 이르렀다고 하던데, 과연 그게 허풍인지 아닌지 나 역시 확인해 볼 필요가 있을 것 같군요."

헤르가탄은 냅다 소리쳤다.

"좋소. 그럼 서로가 원하는 것을 합시다. 하지만 우리 같은 거성(巨星)들이 애들처럼 치고받는 싸움을 벌이기보다는 순수한 공력으로만 대결하는 것이 어떻겠소.”

제릭은 그 제안을 순순히 받아들였다.

“뭐. 나 역시 원하는 바요.”

그때 헤르가탄은 갑자기 주변을 둘러보았다. 그러고는 이내 심드렁한 표정으로 말문을 열었다.

“경치 한번 좋군. 게다가 산세가 험한 것이 아주 숨어 살기에는 안성맞춤이군.”

제릭은 불끈했다.

“숨어 살다니? 그건 무슨 뜻이오.”

“하하. 그냥 해 본 소리요. 뭐, 세상 밖이 두렵다면 나오지 않아도 되는 것이고.”

제릭의 언성이 높아졌다.

“그건 마치 나를 두고 하는 소리 같은데!”

“뭘 그리 흥분하시오. 뭐 이렇게 살고 싶다면 할 수 없지. 어찌 살든 그거야 자기가 정하기 나름 아니겠소. 하지만 명색이 용족인데…… 쯧쯧. 원래 홀론 대륙의 주인이었다지만 이대로 가다가는 자기 안방마저 빼앗기는 꼴을 면치 못하겠군요.”

제릭은 헤르가탄이 일부러 자신의 속을 박박 긁으려는 속셈임을 알 수 있었다. 그는 잠시 생각에 잠겼다.

‘이자가 오늘 여기 온 것은 노골적인 도발이 틀림없군. 잠시 후 공력 대결을 앞두고 일부러 내 심기를 흐트러트리는

얄팍한 술수. 물론 내가 그따위 언변에 넘어갈 리 없어.'

제릭은 애써 미소로 답했다.

"바깥세상에는 온통 쓰레기만도 못한 것들이 설치는 중인데 뭐, 내가 그들과 함께 어울려 내 몸을 더럽힐 수는 없는 일 아니오. 후후."

이번엔 헤르가탄의 표정이 굳어졌다.

'쓰, 쓰레기라니!'

하지만 그 역시 입가에 미소를 드리운 채 그의 말을 받아넘겼다.

"그래도 나 몰라라 쥐새끼처럼 숨어 지내는, 살아 있는 시체들보다는 훨씬 낫겠지요. 적어도 나는 쓰레기를 청소하는 임무라도 맡았지만."

제릭이 콧방귀를 꼈다.

"흥. 누가 누구를 청소하는지 분간을 못 하시는군. 현재 인간들을 이끄는 사성의 전투력이 어마어마하다던데. 그들이야말로 한창 쓰레기를 잡으러 다니느라 고생이 심하다더군요. 아니, 오히려 그 일을 즐기는 것 같다고 하던데요."

결국 헤르가탄은 자신의 성질을 드러내고 말았다.

"그 말은 사성이 테라 전사들을 잡는다는 것이오!"

"나는 테라 전사라고 콕 집어 말한 적 없소. 다만 쓰레기라고 말했을 뿐이지요. 말이 나와서 말인데, 인간들 따위에게 테라 전사들이 계속해서 당하고 있다는 것은 사실 아닌가요.”

제릭은 헤르가탄의 일그러진 표정을 보고는 더 약을 올렸
다.

“흠. 사성이 그리도 무서우신 겐가? 자신의 수하들이 희
생당하는데도 가만히 보고만 있다니. 하기야, 그 누가 알았
겠소. 사성의 군주 아이더의 절대 마법과 테디우스의 강대
함, 그리고 가르시아의 궁극의 검술과 레이카니안의 신검에
의한 자연체 검술이 하나로 합해질 때, 그들은 이미 무적의
위치에 올랐다는 것을.”

그 순간, 헤르가탄은 바로 앞에 있는 탁자를 손으로 내리
쳤다.

쾅!

우지직!

두툼한 석판이 산산조각이 나다 못해 아예 가루가 되어
버렸다. 하지만 제릭은 아랑곳하지 않고 계속 비아냥거렸다.

“남의 집에 와서 이게 무슨 행패이신가. 이거 대리석으로
만든 귀한 탁자인데, 쯧쯧. 명색이 테라 종족의 수장께서 예
의를 모르는 시정잡배 같은 짓을 해서 되겠나. 이런 자는 아
니라고 들었는데. 흠, 내가 사람을 잘못 봤나.”

헤르가탄은 제릭의 눈을 똑바로 쳐다보며 강한 어조로 말
했다.

“그대는 진정 내가 사성이 두려워서 그저 지켜만 보고 있

는 것 같나?"

제럭은 뻔뻔하게 고개를 끄덕였다.

"그렇소."

순간 헤르가탄이 호탕하게 웃었다.

"하하하. 내가 그들을 두려워한다고? 이거 지나가는 개가 다 웃을 일이군."

하지만 제럭은 고개를 갸웃거리며 계속 도발적인 언행을 뱉어냈다.

"솔직히 그렇지 않소. 사성이 힘을 모아 벌써 제6테라급 전사들 수백 명을 제압했고 얼마 전에는 그대의 근위병들인 제7테라급 전사들 서너 명을 죽인 것으로 들었소. 헌데 이걸 어쩌지. 내가 아는 바로는 제8테라급은 존재하지 않고 바로 그 위에 그대만이 남아 있다던데. 아무리 그대가 제9테라급 이라지만 길고 짧은 것은 대봐야 아는 법! 나는 혹여 그대가 사성의 제물이 될까 싶어 걱정이 되는구려."

"뭐, 뭐라고."

헤르가탄은 부들부들 떨었다. 하지만 그에게 뭐라 변명을 할 수도 없는 입장이었다. 사실이 그랬기에 말이다.

사성의 힘은 상상 이상으로 강했다. 그들의 전투 기술이 한데로 융합되어 공격을 감행했을 때, 자신의 근위대원들조 차 맥을 추지 못하고 제압을 당하지 않았던가.

당시 헤르가탄은 다른 볼일이 있어 그 광경을 목격하지는 못했다. 만일 그가 그 자리에 있었다면 다른 결과가 나왔을 지도 모를 일이었다.

그는 제릭에게 다시 말했다.

"어차피 7일 후에 나는 그 사성이란 놈들과 대결을 펼치 기로 했지. 아니, 대결이 아닌 일방적인 학살이 될 것이오."

제릭은 호기심이 동했다.

"대결이라니요?"

"장소는 페트리아 신전이고 그놈들도 내가 보낸 전령을 통해서 그곳으로 반드시 올 테지."

"오호라. 그거 재미있는 광경이겠군. 나도 한번 보러 갈까 나."

헤르가탄의 눈에 살기가 가득했다.

"아마 그럴 일은 없을 것 같은데."

"없을 것 같다니요? 내가 내 발로 걸어서 간다는데. 세상 에 그런 좋은 구경거리를 놓칠 수가 있나. 하하하. 아무튼 엄청 기대가 되는군."

헤르가탄은 사악한 웃음을 흘렸다.

"후후. 이보시오. 우리가 서로 공력 대결을 펼치기로 한 것을 잠시 잊어나 본데. 아마도 그대는 오늘을 끝으로 세상 을 더 이상 보지 못할 것이니 꿈 깨시지. 이건 진심으로 말하 는 것이오."

이번엔 제릭이 강한 호기를 부렸다.

"뭐라! 그렇다면 당장 시작하지!"

그는 기다렸다는 듯 자세를 꼿꼿하게 했다.

그들이 대화를 주고받는 성루 뒤편에 한 여인이 있었으니, 바로 베아트리체였다. 그녀의 표정은 이미 창백해졌고 그녀의 심장 또한 빠르게 뛰고 있었다.

이제는 진정 사랑하게 된 남편 제릭, 만일 그에게 무슨 일이 생긴다면…… 생각하기도 싫었다.

더구나 사성에 관한 얘기를 들었을 때 얼마나 놀랐던가. 드디어 올 게 왔던가. 헤르가탄은 정확히 7일 후에 페트리아 신전에서 대결을 펼친다고 했다.

사실상 그 결과에 의해 인간은 소멸당하느냐 마느냐의 기로에 놓인 것이다. 그녀의 머릿속이 매우 혼란스러웠다. 당장 걱정해야 할 것은 남편의 안위였기 때문이었다.

헤르가탄이 먼저 외쳤다.

"자! 시작하지."

제릭 역시 당당하게 맞섰다.

"좋소. 대신 주변에는 피해를 입히지 않는 조건으로 우리 둘만의 순수 내력으로 대결하도록 합시다."

"얼마든지."

그 둘은 말이 끝나자마자 공력을 끌어 올렸다.

파파파팟.

웅.

각자의 신체로부터 엄청난 기류가 발산되기 시작했다. 그러나 그 기류들은 망루 밖으로 퍼지지 않았고 오로지 그들이 서 있는 곳 주변만을 맴돌았다.

휘휘휘.

이상한 굉음과 함께 그 둘 사이에 섬광이 일었고 서로 뒤엉키며 마구 충돌을 일으켰다.

헤르가탄은 일단 공력을 5할로 끌어 올린 후 그걸 제릭의 신체에 퍼붓기 시작했다. 제릭 역시 만만치 않았다. 불사의 용이 된 그는 자신만이 지닌 용옥의 힘을 빌려 무형의 막을 신체 주변에다 무려 일곱 겹이나 쳤다.

웅.

계속 울려 퍼지는 진동음. 아직은 그 둘 모두 편안한 표정이었다. 그러는 와중에 헤르가탄은 내심 놀라지 않을 수가 없었다.

'뭐야. 이 자식. 공력 5할이면 웬만한 산 하나는 박살 낼 만큼의 위력인데 꿈쩍도 하지 않다니.'

지난번 그의 공력 2할에 고대 전사 수장인 파탄이 그대로 몸이 산산조각 나서 즉사하지 않았던가. 한데 제릭은 과연 불사의 용답게 전혀 아무렇지 않은 듯 입가에 미소를 지으며 여유까지 부렸다.

“후후. 그게 다요? 이거 천하의 헤르가탄께서 그 정도 공력을 갖고 세상을 벌벌 떨게 했다니, 진짜 실망인데.”

그 말에 헤르가탄의 얼굴이 분노로 시뻘겋게 달아올랐다.

“건방진 소리! 이제부터가 진짜 시작인데.”

웅.

우두둑.

순간 성루 전체가 흔들렸다. 그가 공력을 7할까지 끌어올렸기 때문이다. 이에 제릭의 표정이 심상치 않았다.

‘제길. 뭐 이렇게 강한 거야. 7중 방어막 중에서 네 개를 뚫어 버리다니.’

그럼에도 불구하고 제릭은 여전히 태연한 척했다. 반면 헤르가탄은 속으로 혀를 내둘렀다.

‘뭐야. 이놈이 내 7할 공력에도 가만히 있다니. 그렇나면.’

웅!

진동음이 더욱 강하게 들려왔다. 그가 8할의 공력을 끌어올렸기 때문이다. 순간 제릭의 표정이 일그러졌다.

‘빌어먹을 7중 막이 모두 깨져 버렸는데……’

하지만 반드시 참아야 했다. 이제는 그저 불사의 용의 원천적인 신체 힘만 가지고 버텨내야 했으니.

‘욱.’

그런 그의 모습에 헤르가탄은 새삼 경악했다.

‘정말 대단한 놈이군. 불사의 용이라는 게 그저 허명만은

아님을 이제야 알 수 있을 것 같군.'

　무려 8할의 공력을 끌어올린 그로서는 지금 이 순간 너무도 버티기 어려웠다. 공력 대결을 벌이다 한순간이라도 균형이 깨지면 순식간에 가루로 변해 버려 즉사를 면치 못하기 때문이었다.

　헤르가탄은 모험을 하기로 했다. 바로 공력의 9할을 끌어올리기로 말이다.

　웅!

　파파파팟.

　우두둑!

　성루 지붕이 날아가는 순간이었다. 애초 약속한 대로 주변에 피해를 주지 말고 둘만의 순수한 힘 대결을 펼치자고 했건만, 그게 깨진 것이다.

　어쨌든 제릭으로서는 더 이상 버티기가 힘들었다. 그리고 상대가 공력의 9할까지 끌어 올렸다는 것을 알 수 있었다.

　'우욱.'

　온몸이 산산조각 날 것만 같았다. 사실 이미 그의 내장은 뒤틀려 있었고 피가 목구멍을 넘어오려 했다. 심한 내상에 의한 구토와 현기증도 있었다. 하지만 절대로 버텨야만 했다. 불사의 신체에 이 정도 부상을 입힐 정도라면 정말이지, 그가 신의 경지에 이르렀음을 인정해야만 했다.

　'너, 너무 강해…… 욱.'

하지만 겉으론 미소를 잃지 않았다.

"후후. 겨우 그 정도요?"

헤르가탄은 기가 막힐 노릇이었다. 9할의 공력으로도 상대의 미소조차 흐트러지게 할 수 없다니 말이다. 마치 거대한 산맥을 대하는 느낌이랄까.

결국 그는 또다시 도박을 걸어야 했다. 마지막 남은 1할을 더해 완전무결한 10할의 공력을 끌어 올려야 할지 잠시 고민했다.

만약 모든 공력을 끌어 올렸는데도 제릭을 어쩌지 못한다면, 되레 자신이 당할 수도 있다는 생각에 머리가 복잡해졌다.

'대체 어떡한담.'

제릭은 내심 죽을 것만 같았다. 이미 내상의 부위는 더욱 커져만 갔고, 이 상태에서 만일 상대가 조금 더 공력을 끌어 올린다면 그대로 몸이 산산조각 나 목숨을 잃을 수도 있었다.

물론 그가 지금으로서 할 수 있는 일은 더더욱 여유를 부리는 것뿐이었다.

"하하. 솔직히 대결다운 대결을 원했는데 고작 이것밖에 되지 않다니 실망스럽군. 자! 그대가 얼마까지 공력을 끌어 올렸는지 모르지만 조금 더 힘을 써보구려. 후후."

그 말에 헤르가탄의 얼굴에 경련이 일어났다.

'빌어먹을!'

순간 그는 모든 공력을 거두었다.

사사삭.

그러고는 자리에서 일어나 제릭에게 엄지손가락을 치켜세웠다.

"역시 대단하군! 오늘 대결은 이쯤에서 끝냅시다. 일단은 무승부로 하고 진짜 공력 대결은 다음으로 미루기로 하지."

제릭은 끝까지 미소를 잃지 않았다.

"하하. 뭐 이런 싱거운 대결이 다 있소."

"나는 며칠 후에 사성과의 대결이 있는데 여기다 힘을 다 쏟을 건 없지 않겠소. 아무튼 그대가 용족의 신성이자 불사의 용이라는 사실을 직접 겪어 봤으니 이 더 이상 미련은 없소. 그럼 이만 가보겠소."

헤르가탄은 날개를 핌과 동시에 저 멀리 상공으로 훌쩍 날아가 버렸다.

휘리리릭!

그 순간 제릭은 겨우 참았던 고통을 토해내기 시작했다.

"컥컥!"

꽤 많은 양의 선혈들이 꾸역꾸역 토해졌고 그대로 엎어져 정신을 잃었다. 순간 뒤에서 보고 있던 베아트리체가 재빨리 다가와 그를 부축했다.

제74장

절대 무적의 권리

이곳은 용족의 심장부인 칼튼 성소였다. 신싱 제릭 외에는 아무도 들어올 수 없는 금지 구역이지만 베아트리체는 그녀의 아내 자격으로 입장이 가능했다. 더군다나 심한 내상을 입은 그는 이곳에서 치료를 받아야만 했다.

돔형의 천장 구조, 그 아래로 보이는 거대한 육각기둥과 반들거리는 대리석 바닥. 그 한가운데, 제단으로 보이는 돌판 위에 제릭은 누워 있었다.

그는 자신을 간호하고 있는 아내에게 힘없이 말했다.

"내 꼴이 우습지."

"여보……."

"드디어 여보라고 불러 주는군. 그게 그렇게도 힘들었나?"

"많이 아파요?"

제릭은 그녀의 손을 잡아 주었다.

"괜찮아. 아픈 거야 그럭저럭 넘길 수 있지만 내 자존심은 아마도 그 이상으로 다친 것 같아. 헤르가탄의 능력이 그 정도일 줄은 상상조차 못 했거든."

베아트리체는 진정 남편의 몸 상태가 걱정이 되었다.

"그만 말해요."

그러자 제릭이 고개를 가로저었다.

"아니. 반드시 그대가 들어야 할 말이 있어. 콜록콜록, 컥."

그는 또다시 한줌의 선혈을 뱉어냈다.

"여보!"

"괘, 괜찮아. 나는 불사의 용이니 지금은 힘들지만 이곳 용족의 심장부에 누워서 잠을 자면 회복이 되거든."

"정말인가요?"

"대략 수개월이 걸리겠지만 그 후에는 완전한 육체로 돌아갈 것이야."

그 말에 그녀는 안도의 한숨을 내쉬었다.

"흑, 혹시라도 당신에게 큰일이 일어날까 봐 얼마나 가슴이 조마조마했는지 알아요."

제릭은 씁쓸한 미소와 함께 그녀의 아름다운 얼굴을 바라보았다.

"후후."

"헤르가탄이 다시 돌아오면 어떡하죠?"

"당분간 그럴 리는 없을 거야. 내가 심각한 내상을 입었다는 것을 철저히 숨겼으니까. 다만 며칠 후에 그와 대결을 펼칠 사성이 걱정이군. 그들이 제아무리 힘을 합친다 할지라도 헤르가탄을 절대 이기지 못할 거라는 게 자명해."

그 말에 그녀의 심장이 한 없이 쪼그라들었다.

"그가 그렇게 센가요?"

"지금 내 상태를 보면 모르나. 콜록콜록. 컥컥."

제릭은 다시 선혈을 쏟아냈다.

"빌어먹을! 그는 신의 경지에 오른 것이 아니라 이미 신이라고. 그가 마음만 먹었다면 벌써 홀론은 그의 세상이 되었을 거야. 솔직히 지금 가장 걱정되는 것은 그 자식이 다음에 나를 만나러 왔을 때 내게 대항할 힘이 없으리란 거지. 그렇게 되면 우리 용족의 미래 역시 끝나 버리고 말겠지."

절망으로 가득한 그의 말에 그녀 자신도 끝없는 나락으로 추락하는 기분이었다.

그때 제릭이 그녀의 손을 더욱 강하게 움켜쥐었다.

"지금부터 내 애기 잘 들어. 네 동족과 사성, 그리고 우리 용족이 살려면 이 방법밖에 없으니까."

"방법이라니요?"

그는 고개를 옆으로 돌리더니만 제단 아래쪽을 손으로 가리켰다.

"이 밑에 홀론의 조각 두 개가 숨겨져 있거든. 그걸 이용해야 해."

"이용하다니요?"

"원래 태어날 우리 아이들이 각자 한 개씩 갖게 되어 있지만 지금으로서는 달리 방법이 없어. 그것들을 아이더에게 주는 것이 좋겠어."

"……."

그녀는 그만 할 말을 잃고 말았다.

"반드시 그래야 해. 모두가 멸절당하지 않으려면 말이야."

그녀는 그제야 고개를 끄덕였다.

"아, 알았어요."

하지만 제릭의 표정은 여전히 어두웠다.

"한데 말이야. 제단석 밑에 숨겨 놓은 두 개의 홀론의 조각에 내가 결계를 걸어 놨거든. 훗날 우리 아이들이 태어나면 오직 녀석들에게만 귀속하게끔 말이지. 그런데 그게 걱정이야. 과연 그 결계를 아이더가 뚫을 수 있을지…… 콜록 콜록. 컥."

"여보!"

"괜찮아. 난 잠이 들고 나중에 깨어나면 회복할 테니까. 다만 그전에 아이더가 조각들을 취하고 헤르가탄을 제압하면 좋겠건만…… 내 결계로 인해 그는 그것들을 사용해 보기도 전에 죽을 수 있거든."

"그럼 결계를 풀어 주시면 되잖아요."

"그건 안 돼."

"왜죠?"

"내가 그대를 만나기 전에는 정말 광폭한 용이었거든. 그런 광기 어린 성질로 결계를 쳐났기에 그것을 풀기 위해선 상극의 에너지가 있어야 하지."

"상극의 에너지라니요?"

"증오와 미움, 광기의 상극이 뭔지는 나도 몰라. 아, 졸음이 오는군. 이제 자야겠어."

"여보!"

"……"

쿨쿨.

결국 제릭은 잠이 들고 말았다.

잠시 후, 그녀는 제단 밑을 살펴보았다. 천을 거두니 그가 말한 대로 두 개의 보석 같은 것이 보였다.

크기는 주먹만 했고 새빨간 광채를 발하는 것이 금방이라도 핏물이 흘러나올 것만 같았다. 그녀는 조심스럽게 그것들을 집어 들었다.

＊　　　　＊　　　　＊

　나는 희망한다. 사성의 융합이 헤르가탄의 강대한 힘을 버텨 주기를…… 오늘의 대결 결과에 따라 인간계가 살아남을지, 소멸될지가 정해진다. 그렇기에 우리는 매우 긴장했다.

　현재 우리가 서 있는 이곳은 페트리아 신전 계단 아래로 이어진 돌바닥이다. 헤르가탄이 왜 대결 장소를 이곳으로 정했는지 모르지만 건축물은 모두가 감탄해 마지않을 정도로 웅장하고 화려했다.

　회벽색의 거대한 기둥 네 개가 황금색 지붕을 떠받치고 있었고 각종 조각상들은 각각 천재 조각가들이 빚은 듯 금방이라도 살아 움직일 것 같았다.

　제인피어는 이곳에 대해 잘 아는 듯 우리에게 이것저것을 설명해 주었다.

　"페트리아 신전은 태양의 신을 모시는 곳으로 유명하죠. 원래 이곳은 고대 전사 영토였지만 최근 헤르가탄이 접수를 해서 자신의 집무실로 쓰고 있지요. 흥미로운 것은 고대 전사의 예언서인 '베르크의 전서'가 수천 년 전 이곳에서 쓰였다는 기록이 문헌에 남아 있다는 거죠."

　가르시아가 물었다.

"베르크의 전서라면? 바로 우리 사성의 출현을 예언한 그것 말인가요?"

"맞습니다."

"헤르가탄이 대결 장소를 이곳으로 정한 것이 그것과 무슨 관련이 있는 듯해요."

바로 그때, 어디선가 들려오는 웃음소리.

"하하하."

나와 일행은 동시에 신전 입구로 시선을 돌렸다. 엄청난 기도를 내뿜는 자, 흑색 군장의 사내는 한 손에 책을 펼쳐 들고는 공력 실린 음성을 내뱉었다.

"바로 이 책이 베르크의 전서인데 '인간계로부터 네 명의 용자가 나타나리라.'라는 구절로 예언이 마무리되지."

나는 그가 헤르가탄임을 단번에 알아치릴 수 있었디. 힌때 그를 스승으로 모셨던 테디우스의 두 눈이 휘둥그레졌다.

헤르가탄은 다시 외쳤다.

"사성이라? 그들 중 내 제자였던 테디우스 녀석도 있고 내 아들을 죽인 아이더란 놈도 있다더니 정말이군. 어쨌건 군주의 자격으로 내 대결 초청을 마다하지 않고 여기까지 온 그 용기는 칭찬해 주고 싶구나."

그는 말하다 말고 다시 베르크의 전서를 보며 말했다.

"내가 이걸 왜 들고 나왔는지 모르겠나? 네놈들은 일말의 희망을 가지고 있을지 모르겠지만, 나는 너희들을 처단하여 직접 이 예언서의 끝을 완성하려고 한다. 하하하.”

강대한 기도가 실린 그의 웃음소리에 웅장한 신전의 기둥이 들썩이며 지축마저 흔들렸다.

“자! 사성인지 뭔지 하는 인간들이여! 나를 상대로 그 어떤 전투 기술을 보여 줄지 모르지만, 처음부터 혼신의 힘을 다하지 않는다면 그대로 소멸을 면치 못하리라.”

그 순간, 나와 일행은 그의 공력을 이기지 못하고 코와 귀로 핏물을 쏟아내기 시작했다.

“욱.”

“아.”

대지의 여신이라 그의 공력에 직접적인 영향을 받지 않은 제인피어만이 헤르가탄을 노려보며 말했다.

“헤르가탄! 마족과 고대 전사의 혼혈 종족인 테라 종족의 수장인 그대가 현재 홀론 대륙의 최강자임을 인정하겠다. 하지만 당신이 들고 있는 그 베르크 전서가 왜 여기 서 있는 네 명의 용자들을 언급했는지 그게 궁금하지 않은가.”

그녀의 당당함에 헤르가탄은 다소 놀란 눈치였다.

“오호라. 그대는 인간도 아닌 정령이거늘, 왜 그들 편에 서서 그들을 돕는 것인지 이해를 하지 못하겠군. 대지의 여신이라 불리는 네메시스, 더 이상 껴들었다가는 정령계 또한 온전치 못할 것이다.”

"가당치 않은 소리! 당신이 물질계에서는 최강자일지 모르나 무형의 에너지가 흐르는 정령계에서는 그저 별 볼 일 없는 존재! 나는 대지의 여신으로서 사성들에게 힘을 보태러 여기 왔음을 알기 바란다."

순간 헤르가탄은 어이가 없다는 듯 너털웃음을 지어 보였다.

"힘을 보탠다고? 후후. 정령들이 무슨 불사의 존재라도 되는 양 말하는군. 미안하지만 내 권능은 이미 물질 파괴를 넘어 기류만으로 이루어진 세상에조차 영향력을 미친다는 사실을 모르는가. 자! 대지의 여신이여! 이쯤 되었다면 솔직하게 말하시지. 그대가 인간을 도우려는 것은 함께 소멸당하지 않으려는 필사적인 노력으로 보이는데."

"……."

제인피어는 잠시 침묵을 지켰다. 그 침묵이 협박에 대한 긍정의 의미는 아닌지 나는 내심 걱정이 되었다.

"자! 지금까지 시간을 끌어준 것은 내가 너희들에게 베풀어 준 마지막 배려이지. 너희의 피로 베르크 전서에 내가 직접 기록할 것이다. 이후 홀론 대륙의 운명과 예언의 새로운 마지막 구절을 말이다."

그는 이내 등 뒤로부터 검을 뽑아 들었고 우리에게 조준했다.

"사성이 융합을 하고 거기에다가 대지의 여신이 힘을 보태 준다면 뭐 그럭저럭 놀아볼 만은 하겠군…… 그럼 슬슬 시작해 볼까?"

드디어 그가 발걸음을 옮겼다.

쩌벅! 쩌벅!

나와 테디우스와 한 조가 되었고 가르시아는 아내 레이카니안과 함께 각자의 무기를 빼 들었다. 제인피어는 바로 우리 뒤쪽에서 하늘빛 에너지를 형성하여 일종의 커다란 무형 막을 우리의 앞쪽에다 쳐 주었다.

마치 아지랑이처럼 하늘거리는 공간으로 보였는데, 헤르가탄의 공격을 막는 장벽의 역할을 해 주는 것 같았다.

우리는 애초 약속한 대로 힘을 한데 그러모아 최후의 일격을 가하려 했다.

헤르가탄은 여전히 조소 어린 얼굴이었고 얼마든지 공격해 보라는 듯 이쪽으로 느긋하게 다가오고 있었다.

"너희에게 먼저 공격권을 줄 테니 어디 한번 해 보거라. 얼마나 강한지 말이야. 하하. 뭐 내가 기대하는 수준은 아닐 테지만!"

나는 마법 전서의 28가지 기술을 통합하여 공력을 최대한 끌어모았다.

절대 마법

말 그대로 절대로 약하지 않은 마법이건만, 헤르가탄의 신체에서부터 풀풀 쏟아져 나오는 기류와 맞서기엔 한참이나 모자라 보였다.

이에 테디우스의 공력이 나를 도왔다. 그 역시 홀론의 조각을 얻은 강자였기에 그가 돕자 내 절대 마법의 힘이 훨씬 강해진 것 같았다.

가르시아 역시 이미 검을 치켜든 상태였다. 궁극의 검술 최종 단계로 변형하기 직전인 듯했다.

순간 옆에 있던 레이카니안의 자연검술로 인해 강풍이 불기 시작했고, 주변의 돌멩이들과 나뭇잎들, 꽃과 풀들은 상공 가득히 떠올라 날카로운 무기로 변해 있었다.

바로 그때, 제인피어가 손을 치켜들어 주문을 외웠다.

"대지의 여신으로 명하니 이들의 힘을 한데로 융합하게 하도다."

그 순간 우리 주변에 강력한 에너지장이 형성되었고 각자의 공력이 모아진 듯 그 전방 허공에 푸른빛의 섬광이 그 진한 색채를 드러냈다.

웅!

웅!

한편 헤르가탄은 다가오다 우리들이 힘을 모아 만들어낸 푸른 빛 덩어리를 보더니만 잠시 발걸음을 멈추었다.

"흠. 다들 뭔가 한 가지씩 기술들을 가졌고 총 네 개의 에너지가 한데 모여 푸른 빛 덩어리를 만들었군. 그나저나 이걸로 나를 상대하겠다는 건가."

그는 말하다 말고 고개를 절레절레 흔들었다.

"한데 이걸 어쩌나. 공들여서 만든 공격 에너지라면 어느 정도 위협적으로 느껴져야 하건만 전혀 그렇지가 않은데. 다시 말해 기대했던 것보다 별로라서 실망이 크군. 후후."

그 순간 푸른 섬광이 그를 집어삼켰다.

파파파팟.

획!

"악!"

헤르가탄은 푸른 공 안에 갇힌 채 옴짝달싹 하지 못했다.

"뭐야!"

그 순간 공이 무서운 속도로 왼편 돌산 쪽으로 날아갔고 미친 듯이 절벽에 부딪치며 발광을 했다.

팍! 팍! 팍!

쾅!

우두둑!

헤르가탄의 신체는 그 충격들을 고스란히 받음으로써 순식간에 만신창이가 되었다. 하지만 그게 끝이 아니었다. 푸른 공은 헤르가탄을 감싼 채로 높은 돌산에 올라 그를 패대기쳐 버렸다.

쾅!

돌벽이 무너지고 심지어 두툼한 바위까지 관통되었다. 푸른 공은 저 멀리 보이는 산등이성들을 향해 돌진했으며 그 안에 갇힌 헤르가탄은 그 모든 충격들을 받아야만 했다.

워낙 정신없었기에 공력조차 한 번 못 써본 헤르가탄. 푸른 공에 끌려 다니며 이리 찢기고 저리 찢기느라 그의 온몸은 금세 피투성이가 됐다.

"컥! 컥!"

선혈이 뱉어지며 끔찍한 고통에 비명을 질렀다.

"아아아악!"

그로서는 최악의 상황이 벌어지고 있었던 것이다. 설마하니 사성의 융합 공격이 이런 형태라고는 전혀 예상치 못한 헤르가탄이었다.

나와 동료들은 저마다 식은땀을 흘리며 각자의 공력을 최대한 끌어 올리고 있었다. 저 강대한 존재를 가두기 위한 하나의 공. 그건 사성의 융합으로 탄생한 에너지였고 현재 푸른 공을 움직이는 것은 바로 대지의 여신 네메시스, 즉 제인피어의 권능이었다.

물론 나는 헤르가탄이 저 정도 충격으로 소멸되리라고는 생각하지 않았다. 우리가 노린 것은 그가 잠시라도 힘을 쓰지 못할 지경에 이르렀을 때 생길 그 찰나의 기회였다. 그 순간을 놓치지 않고 우리가 숨겨 놓은 비장의 무기로 제압할 생각이었다.

어느덧 한 시간여가 흘렀다. 인근의 산 전부가 엉망이 될 만큼 푸른 공은 여전히 날뛰고 있었고, 그 안의 헤르가탄은 만신창이가 되어 갔다.

팍! 팍! 팍! 팍!

우두둑.

"아악!"

그때였다. 그를 감싼 푸른 공이 갑자기 상공 위로 향했고 순식간에 시야에서 사라졌다. 그로부터 얼마 후, 마치 밤에 볼 수 있는 별동별처럼 긴 꼬리를 일으킨 유성이 우리 쪽으로 추락하고 있었다.

쒜엑! 쒜엑!

그러곤 커다란 굉음과 함께 지면과 충돌하고 말았다.

쾅!

넓은 돌바닥에 거대한 구멍이 생겼고 헤르가탄은 그 안에 박히는 신세가 되고 말았다. 그 안으로부터 화염이 일어났으니, 나는 애초의 생각과는 달리 어쩌면 그가 회생 불가능할지도 모른단 희망을 품었다. 그러나 제인피어는 우리에게 다급하게 외쳤다.

"다들 저 구덩이 안을 목표로 당장 공격하세요! 서둘러야 해요!"

우리는 그녀 말대로 각자의 비전을 사용해 한 곳만을 공격했다.

파파파팟.

펑!

내 절대 마법과 테디우스의 공력술, 가르시아의 궁극의 검술과 레이카니안이 일으킨 자연의 무기들이 일제히 구덩이를 향해 집중 공격을 퍼부었다.

제인피어 역시 자신의 권능을 최대로 끌어 올려 그 안으로 불벼락을 내리게 하였다.

활활!

세상 그 어떤 존재라도 저 활화산의 용암 구덩이에서 살아남는다는 것은 절대로 불가능할 것이다. 상대가 헤르가탄일지라도. 아니, 분명 그렇게 믿고 싶었다.

얼마나 지났을까. 나와 동료들은 지칠 대로 지쳤다. 자신의 지닌 그 모든 비술과 공력을 무려 한 시간 동안 쏟아냈기 때문이었다.

결국 저마다 체력이 바닥이 났고 뒤로 나가 자빠졌다. 그때 가르시아가 외쳤다.

"죽었을 거야. 분명 죽었다고!"

구덩이 안의 상황이 궁금했던 그는 지친 몸을 이끌고 그 아래로 기어 내려갔다.

"내가 직접 확인해 보아야겠어. 놈의 숨통이 끊어졌는지 말이야."

순간 아내 레이카니안이 외쳤다.

"당장 올라와요!"

"괜찮아. 놈은 반드시 죽었을 테니까."

그는 이미 바닥으로 내려갔고 두 손으로 흙을 파기 시작했다.

"헤르가탄! 이제 보니 네놈도 별거 아니었군. 하하하. 아예 흔적이 없잖아."

가르시아는 그제야 안도의 한숨을 내쉬었고 기쁨의 환호성을 질렀다.

"이제 끝났어. 우린 살아남았다고!"

바로 그때였다. 흙바닥으로부터 피투성이가 된 팔뚝이 뻗쳐지더니만 가르시아의 목을 움켜잡았다.

획!

"억!"

그 위로 서서히 떠오르는 존재, 그는 놀랍게도 헤르가탄이었다. 군장이 너덜너덜해지고 온몸이 피로 가득 했지만 그의 살기 어린 눈빛은 그 어느 때보다도 기세등등했다. 문제는 그의 손에 잡힌 가르시아였다.

"벌써부터 좋아하긴 이르지. 후후."

나와 동료들은 깜짝 놀랐고 다시 무기를 들어 그를 공격하려 했다. 하지만 가르시아가 잡혀 있기에 머뭇거릴 수밖

에 없었다. 헤르가탄은 이미 날개를 편 채 허공으로 떠올랐
고 거친 말투를 내뱉었다.

"이런 개잡년 놈들! 감히 나를 이 꼴로 만들어!"

그는 분노를 참지 못하고 가르시아의 목을 더욱 강하게
틀어잡았다.

꾹.

"컥! 컥!"

그의 손에 잡힌 채 허공에 매달린 가르시아, 그의 아내
레이카니안이 절규했다.

"여보!"

그 말에 헤르가탄이 눈빛이 동했다.

"여보라니? 그럼 이놈과 네년이 부부 사이였나? 하하. 이
거 재미있게 되었군. 눈앞에서 남편 놈과 생이별을 해야 하
게 생겼으니까."

그는 말이 끝나자마자 그대로 가르시아의 목뼈를 부러트
렸다.

우두둑!

털퍼덕!

그대로 주검이 되어 흙바닥 위로 떨어진 가르시아, 레이
카니안은 당장 그에게 달려가 상태를 살폈다.

"여보! 흑."

하지만 이미 싸늘한 시신이 되었고 더 이상의 움직임이

없었다. 그녀는 이성을 잃었고 당장 자연검술로 대항했다.

주변에 강풍이 불었고 잎사귀와 풀들이 날카로운 비수가 되어 헤르가탄을 공격했다.

파파파팟.

헤르가탄의 얼굴에 미소가 흐르는 순간이었다.

"후후. 과부가 되기는 싫은 모양이지. 그럼 남편의 뒤를 따라가게 해 주겠다."

그가 가볍게 팔을 휘두르자 그에게 향했던 무기들이 오히려 역풍을 맞고 레이카니안의 몸에 꽂히기 시작했다.

팍! 팍!

"아악!"

순식간에 고슴도치가 되어 버린 그녀는 피를 흘리며 남편의 시신 위로 엎어졌다.

나와 테디우스가 그녀에게 다가가서 살폈지만 이미 숨이 끊어져 있었다.

헤르가탄은 팔짱을 낀 채 조소를 흘렸다.

"흠. 역시 내가 생각했던 대로 반전은 없었군. 나는 그래도 뭔가 있겠거니 하고 조금은 걱정이 되었거든. 그런데 고작 요 정도밖에 안 됐나?"

이번엔 테디우스가 검을 빼 들고 그에게 향했다.

"가만두지 않을 거다!"

허나 그 역시 체력이 바닥난 상태였고 헤르가탄이 내민

손바닥에 머리가 통째로 들러붙었다.

"너 이놈. 한때 내가 네 스승이었건만 이렇게 불경해도 되는 거야."

순간 그의 손아귀에 힘이 들어갔고 테디우스는 머리통이 그대로 찌그러지며 즉사를 면치 못했다.

폭!

비명 소리 하나 내지 못하고 그는 그렇게 내 곁을 떠나고 말았다.

이제 이 자리에는 나와 제인피어. 그리고 신의 경지를 넘어선 너무도 강대한 존재! 헤르가탄만이 남아 있을 뿐이었다.

제75장

두 개의 홀론 조각들

동료들의 죽음은 내게 슬픔보다는 허망함을 안겨 주었다. 내가 살아온 삶 모두가 덧없어 보였다. 그 숱한 역경을 헤쳐 가면서 여기까지 왔는데 어째서 이런 꼴을 당해야 하는지, 그저 모든 게 다 증오스러웠다.

도대체 왜? 나는 무엇을 위해 싸워 왔던가? 인간을 위해서? 헤르가탄과의 대결을 위해서?

가만히 생각해 보니…….

나는 오로지 나 자신만을 위해서 이곳까지 온 것이다. 나만을 위한 여정이었달까. 과연 나는 인간을 구하고 정의를 세우기 위해 헤르가탄과 대결을 추구했던 것인지…… 아니면 내 능력의 한계를 시험해 보고 싶은 나머지 사성을 끌어들여 이 무모한 전투에 그들을 희생시켰는지? 이제는 분간이 가지 않았다.

도망치고 싶었다. 아니, 헤르가탄에게 무릎을 꿇어 목숨이라도 구걸할까, 라는 생각도 들었다. 갑자기 제인피어가 원망스러웠다. 현자의 검이니 뭐니 하는 예언을 믿은 내가 한심해 보였다.

저 거대한 산맥인 헤르가탄 앞에 서 있자 갑자기 현실 도피자가 되어 버린 기분이다. 애초 대단하지도 않은 내가 덤벼든 건, 그의 말대로 계란으로 바위 치는 격이었으니 말이다.

더 이상 대항할 생각이 없었다. 나 역시 동료들과 마찬가지로 그에게 죽임을 당할 것이다. 아주 끔찍하게 말이다. 이상한 긴 그게 아주 자연스럽게 받아들여진다는 점이다. 어쨌든 내 운은 여기까지가 다인 것 같았다.

그때 헤르가탄이 내 앞으로 다가와서 말했다.

"마지막으로 살 기회를 주겠다."

묘한 미소, 저건 대체 무슨 뜻이란 말인가.

"지금부터 죽기 아니면 살기로 도망쳐라."

도망치라니…… 제인피어 역시 그의 제안에 다소 어리둥절했다.

"아들을 죽인 놈에게 이런 배려를 베푼다는 것이 스스로도 납득이 되지 않지만 너무 쉽게 죽이는 건 재미없거든. 그러니 당장 일어나서 나를 벗어나 봐라. 단, 조건이 있다. 해가 지기 전까지 내 시야에서 사라지면 살려 주겠지만 그 이전에 잡히면 너뿐만 아니라 너희 인간종족 전부의 씨를 말릴 것이다.”

그의 의도를 알 수 있을 것만 같았다.

자고로 전사가 패했을 땐 명예롭게 죽는 것이 합당한 게 아닌가. 하지만 그는 도망치는 내 구차한 모습을 즐기겠다는 심산이 분명했다.

나는 고개를 가로저었다.

“도망가지 않겠다.”

“도망가지 않겠다니?”

“사성의 군수로서 이미 서세상으로 간 내 동료들을 봐서라도 그런 굴욕은 당하지 않을 것이다.”

그러자 헤르가탄이 화탕하게 웃었다.

“하하하. 굴욕이라고? 하긴 네놈이 인간들 중 제일 전투력이 강하니 나름의 자존심은 있나 보군. 하지만 네 백성을 구하려면 그 정도 굴욕이야 감수해내야 하지 않겠는가? 자! 마음이 바뀌기 전에 대지의 여신과 함께 이곳을 벗어나라. 그리고 나는 한 시간 뒤에 추격을 시작할 것이다.”

나는 도저히 내키지 않았다. 하지만 내가 도망치지 않으면 동족이 소멸당할 수도 있었다.

잠시 어떻게 해야 할지 몰랐다. 그때 제인피어가 내 손을 잡아 일으키더니만 외쳤다.

"아이더 님! 저자의 말대로 해요."

"……."

"당장요."

"제인피어. 나, 나는……."

"굴욕이라 생각하지 마세요. 우리에게 주어진 마지막 기회라고요."

그때 헤르가탄 역시 고개를 끄덕였다.

"과연 대지의 여신답게 현명한 구석이 있군. 아니, 현실성이라곤 없는 저 멍청한 군주 놈보다는 훨씬 낫군. 살려줄 기회를 주는데도 그걸 마다하다니. 다시 말하지만 해 지기 전에 너희들이 나를 벗어나면 인간계는 건들지 않을 것이다. 테라 종족의 수장으로서 약속하마."

제인피어는 내 손을 잡아 일으키더니만 신전 아래 협곡지대로 향했다. 나는 마지못해 끌려갔고 내 비참한 신세에 또다시 한탄을 했다.

그때 뒤에서 들려오는 음성.

"정확히 한 시간을 주겠다. 하하."

하늘을 보니 해는 이미 서쪽으로 기울어지기 시작했다. 만일 그의 말대로 해 지기 전에 붙잡히지 않는다면 나는 내 소중한 동족을 살릴 수 있는 것이다.

뛰고 또 뛰었다. 험준한 지형은 내리막길이 없었고 오히
려 능선으로 올라가는 길이 더 많았다. 나는 공력이 바닥났
고 제인피어 역시 에너지를 대부분 소모한 탓에 체력이 바
닥났다.

이제 겨우 30여 분이 흘렀을 뿐인데 우린 기진맥진했다.
잠시 후면 헤르가탄은 날개를 펼치고 우리를 찾아 나설 것
이다. 과연 그 짧은 시간 안에 이 산중을 벗어날 수 있을지
점점 희망의 끈이 사라지고 있었다.

"소용없는 일이오!"

내 말에 제인피어는 고개를 세차게 흔들었다.

"희망을 가져 봐요. 당신은 현자의 환생자이기에 이대로
죽지는 않을 겁니다."

순간 나는 그녀의 손을 뿌리쳤다. 그러고는 매우 화가 난
나머지 언성을 높이기까지 했다.

"그만! 더 이상 그 잘난 현자 따위 입에도 올리지 마요!
어떻게 이런 상황에 처하고도 여전히 전생 따위를 운운할
수 있소!"

"중요한 것은 우린 아직 살아 있다는 겁니다. 헤르가탄이
이런 제의를 했다는 것은 당신의 운이 다하지 않았다는 것
이라 믿어요."

나는 도무지 그녀의 말이 이해가 가지 않았다. 내가 전생

에 그렇게도 똑똑한 인물이었다면 이번 생에 이르러 나 자신을 이렇게까지 굴욕스러운 상황에 처하지는 않게 했을 것이다.

"제인피어…… 소용없는 일이오. 우린 어차피 놈의 사정권을 벗어날 수가 없소."

그때 제인피어는 입가에 은근한 미소를 머금었다.

"과연 그럴까요."

그녀는 말이 끝나기가 무섭게 내 손을 잡아끌고 오던 길을 되돌아가는 것이 아닌가.

"어디로 가는 거요. 이 길은?"

"맞아요. 우린 헤르가탄과 대결을 펼쳤던 페트리아 신전으로 가는 겁니다."

나는 깜짝 놀랐다.

"거긴 왜?"

"그자의 허를 찌르는 거죠. 설마하니 우리가 그곳으로 되돌아가리라고는 생각지도 못할 겁니다. 그는 시간이 다 되면 날개를 펼치고 인근 산악 지대부터 수색하겠죠. 물론 우린 페트리아 신전에 숨어서 해가 지기를 기다리는 거죠."

그녀는 하늘을 가리켰다.

"자! 보세요. 해가 많이 기울어졌어요. 조금만 시간을 보내면 당신은 동족을 구할 수가 있어요."

"설마 그자의 말을 믿는 것은 아니겠지."

“그자의 성격이 무척 포악하지만 자신이 한 말을 지키는 부류입니다. 적어도 테라 종족의 수장으로서 약속했다면 말이죠.”

“……”

나는 그만 할 말을 잃고 말았다. 도망치는 굴욕보다도 더 참기 힘든 것은 헤르가탄이 약속을 지키느냐 안 지키느냐에 대해서 제인피어와 옥신각신하는 일이었다.

그로부터 잠시 후.

우리는 페트리아 신전 안에 도착할 수 있었다. 그녀의 예상대로 헤르가탄은 보이지 않았다. 그러나 태양이 서산으로 넘어가기까지 적어도 한 시간 남짓은 남은 것 같았다. 아직 안심하기에는 일렀다.

나는 주변을 둘러보았다. 어두컴컴한 실내, 신전 한가운데에 아담하게 솟아 있는 제단만이 빛을 발했다. 왜인지 인공적으로 조그맣게 뚫린 천장을 통해 그곳에만 석양빛 한 줄기가 강렬하게 비추고 있었으니, 나도 모르게 그곳으로 발걸음이 옮겨졌다.

그때 제인피어가 다가와서 눈부신 제단의 대리석을 손으로 만지기 시작했다.

“페트리아 신전에 대해 전해 내려오는 얘기가 정말인 것 같군요.”

"전해 오는 얘기라니요?"

"이곳은 태양의 신전이 맞지만 태양을 모시는 다른 신전들하고는 또 다르죠. 다른 신전들이 떠오르는 태양, 혹은 한낮에 뜬 태양의 찬란함을 숭배하며 거기에 경의를 표한다면, 이곳은 지는 해의 숭고함을 잊지 않고 그 정신을 오래도록 간직하기 위해 세워진 신전이랍니다."

"지는 해라면 석양빛을 말하는 것이겠군요."

그녀는 고개를 끄덕였다.

"그렇습니다. 그렇기에 석양이 가장 잘 비치는 천장에 구멍을 뚫어 놓고 바로 이 제단석에 빛이 닿게끔 설계를 해서 만든 신전이기도 하죠."

나는 다소 의아했다. 태양이란 찬란함의 상징이거늘, 어찌 지는 해에 그 의미를 두고 신전을 지었을까? 그때 제인피어는 내 마음을 읽기라도 한 듯 계속 말을 이었다.

"그 옛날 베르크의 전서를 기록했던 예언가가 석양을 무척 좋아했다는 말이 전해 오지만, 실상은 신의 계시를 받기에 가장 경건한 때가 바로 이 무렵이기 때문이죠."

"신의 계시라면 태양신을 말하는 것이오?"

"노을빛이죠. 지금 은은하게 비추어 오는 저 주황빛 태양이랄까요. 아침과 한낮에 떠오른 태양은 과거를 상징하고 지는 해는 앞서 지나갔던 시간들에 대한 정리와 이후 벌어질 일들에 대한 예언을 뜻하기도 하죠. 어쨌든 이 제단을 보니 탁자같이 생긴 것이 베르크는 이곳에서 예언서를 집필한 것 같아요."

베르크의 전서란 고대 전사들의 예언서이다.

놀랍게도 그의 예언서 마지막 장에는 인간계로부터 올라온 네 명의 용자가 그림으로 그려져 있었다. 그 이후의 기록은 없었으니 사실상 예언은 어떻게 끝날지 미지수였다.

하지만 이미 사성 중에 테디우스와 가르시아, 레이카니안이 목숨을 잃었고 나만 살아남은 상태에서 나는 어떤 희망을 가져야 할지 몰랐다.

그때 제인피어가 뭔가를 발견했고 내게 외쳤다.

"아! 출구 앞쪽에!"

그녀의 외침에 나 역시 그곳을 바라보았다.

"저건 혹시?"

아까 헤르가탄이 가져왔던 베르크의 전서가 분명했다. 푸른 표지에 두툼한 책자, 제인피어는 재빨리 그것을 집었고 다시 이쪽 제단으로 가져왔다.

그녀는 마지막 장을 펼치더니만 아직도 석양빛이 감도는 제단 위에 올려놓았다. 나는 그녀가 무엇을 하려 하는지 호기심이 일었다.

"그 책으로 뭘 하려는 겁니까?"

"지금으로서는 아무 거라도 해 봐야죠."

"아무 거라니요?"

그녀의 눈빛이 예사롭지 않아 보였다.

"베르크 전서를 집필한 곳이 정말 여기라면 혹, 드러나지 않은 마지막 장의 힌트 같은 게 이곳에 남겨져 있을지도 모르니까요."

"힌트라니요?"

그때였다. 푸른빛의 책자가 서서히 주황색으로 변해 가는 것이 아닌가. 이어 마지막 장에 그려진 네 명의 용자의 모습에 변화가 일기 시작했다.

색상은 점점 진하게 변해 갔고 네 명의 용자 중 세 명만이 유독 빨간 빛을 띠었다.

그때 제인피어가 말했다.

"여전히 색상이 변하지 않은 용자는 단 한 명뿐이고 다른 세 명이 빨간색으로 변한 걸 보니 아마도 그들의 죽음을 의미하는 것 같은데요?"

설마 테디우스와 가르시아, 레이카니안의 죽음을 예언하기라도 했단 말인가? 나는 조금 더 그림을 살펴보았다. 곧이어 네 명의 용자가 그려진 장 말고 나머지 백지에 뭔가 그림 형상들이 떠오르기 시작했고, 나와 제인피어는 숨죽이며 그것을 살펴보기 시작했다.

"또 다른 그림들이 떠올라요."

전서의 하단 부분에 그 모습을 선명하게 드러낸 것은 나로 보이는 용자와 한 여인이었다. 그녀가 누군지 모르지만 두 손에는 각각 빨간 보석 같은 것이 쥐어져 있었고 내게 그것을 건네주려고 손을 내밀은 모습의 그림이었다.

이 그림이 무엇을 뜻하는 건지 도통 이해할 수가 없었다. 하지만 제인피어는 뭔가를 알아차린 듯 점점 흥분 어린 어조로 말했다.

"빨간 보석이라면…… 어쩌면 홀론의 조각들이 맞을지도……."

나는 깜짝 놀랐다.

"홀론의 조각이라니요?"

"그저 추측이지만 현재 상황에서 아이더 님은 그 두 개를 얻어야지만 헤르가탄과 상대할 수 있는 능력을 얻게 되거든요. 제가 보기에는 베르크의 전서는 바로 그것을 예언하려 했던 것 같아요."

"하지만 그림 속에 나와 있는 여인은 누구란 말이오?"

내 질문에 제인피어는 말문이 막혔다. 그녀로서도 그 여인이 누군지 몰랐기 때문이다. 바로 그때였다. 굳게 닫혔던 신전의 출구로부터 소리가 들려왔다.

삐걱!

순간 나와 제인피어의 얼굴이 창백해졌다. 설마 헤르가탄이 우리가 이곳에 숨어 있는 것을 알기라도 한단 말인가.

하지만 그 몸집은 왜소했다. 더구나 길게 늘어트린 금발로 미루어 남자가 아닌 여인인 것으로 추측되었다.

석양을 등지고 서 있기에 아직 그 모습을 확인할 수 없었
다.

그때 정체불명의 여인이 말문을 열었다.

"아이더……."

그녀는 나를 아는 것처럼 이름을 불렀다.

"아이더, 이 나쁜 놈아."

어디서 많이 듣던 말투, 귀에 익은 음성이 분명했다.

"누, 누구죠?"

"내 목소리를 벌써 잊었어?"

그녀가 계단을 밟고 내려오기 시작했다.

"갑자기 미쳐서 내 곁을 떠나더니만 이런 곳에 다른 여자
와 함께 있다니, 참으로 너답군."

나는 그제야 그 목소리의 주인공을 알 수 있을 것만 같
았다.

"고, 공주님……."

"바보 같은 놈."

나는 냅다 그녀에게로 다가갔다. 역시나 그녀는 공주 베
아트리체였다.

"공주님!"

그녀는 고개를 절레절레 흔들었다.

"흠. 변한 게 하나도 없네."

"여긴 웬일이죠?"

"오랜만에 만나서 고작 할 얘기가 그것뿐이니?"

나는 매우 어리둥절했다. 공주를 만났다는 그 자체보다도 이곳에 그녀가 왜 나타났을까 하는 놀라움이 더 컸다.

"공주님……."

공주의 표정은 매우 슬퍼 보였다. 정말로 눈가에 눈물이 글썽였고 이내 울음을 터트렸다.

"흑. 너를 보니까 더 성질나려고 하네. 흑."

그녀는 소매로 눈물을 닦더니만 가슴 안쪽에서 무엇인가를 꺼냈다.

"이거 받아."

붉은 빛이 감도는 두 개의 보석.

"그건 뭐죠?"

"홀론의 조각들이야. 너를 살려 줄……."

그 말에 나와 제인피어는 깜짝 놀랄 수밖에 없었다. 그렇다면 베르크 전서에 새롭게 등장했던 그 묘령의 여인이 공주님이었단 말인가.

"그걸 어떻게?"

"말하자면 길어. 그러니까 당장 받아."

나는 잠시 머뭇거렸다. 하지만 제인피어는 급한 마음에 내게 외쳤다.

"아이더 님. 당장 받으세요. 헤르가탄이 오기 전에 그 힘을 얻어야 합니다."

하지만 나는 여전히 뭐가 뭔지 혼란스러웠다. 공주는 손에 쥔 조각 두 개를 내밀었고 나는 무심코 그것을 받으려 했다.

그때 그녀는 무슨 생각이 들었는지 다시 손을 뒤로 빼는 것이었다. 무척이나 걱정스러운 표정이었다.

"잠깐만."

심지어 조각들을 허리 뒤로 감추기까지 했다.

"남편이 말하길 이 조각들에는 자신의 결계가 걸려 있기에 다른 자가 그 힘을 이용하려는 즉시 목숨을 잃을지도 모른다고 했는데."

남편이라니? 나는 잠시 그녀가 무슨 말을 하는지 헷갈렸다.

"이 나쁜 놈아. 나 결혼했거든."

"결혼이라니요?"

"용족의 신성 제릭이라고 알지? 지금은 그의 아내가 되었지. 그리고 홀몸도 아니라고."

"……."

나는 그만 할 말을 잃고 말았다. 이 상황에서 마음 급한 것은 제인피어였다.

"공주님. 당장 그 홀론의 조각들을 아이더 님에게 주세요. 머뭇거리다가는 우리 모두가 헤르가탄에게 당할 겁니다."

그 말에 공주는 다시 조각들을 앞으로 내밀며 고민했다. 줘야 할지 말아야 할지. 바로 들려오는 제인피어의 외침.

"시간이 없어요. 당장!"

공주는 결심을 굳힌 듯 조각들을 내게 내밀었다.

"받아."

내가 손을 내밀어 그것을 받으려는 순간 그녀는 또다시 손을 뒤로 감췄다.

"아냐!"

그러고는 눈을 감고 뭔가에 골몰하더니만 이내 뒷걸음질까지 치는 것이 아닌가.

"아이더. 생각해 보니 이걸 너한테 주면 안 되겠어."

그녀는 갑자기 눈을 질끈 감고 고개를 세차게 흔들었다.

"맞아! 이제 기억이 나네. 오래전 내가 궁궐에 있을 때 밀짚모자 쓴 정체불명의 사내가 내게 다가와서 귓속말로 이렇게 말했어."

　　"훗날 홀론의 조각 두 개를 지녔을 때 아이더에게
　　그걸 전해 주면 절대 안 됩니다."

"당시에는 웬 미친 사람이 헛소리하나 보다, 하고 지나쳐 버렸는데 지금 상항을 보니……."

놀랄 수밖에 없었다. 현자의 검을 통해서 본 내 과거 속에서 나는 먼 미래의 내 모습을 볼 수 있었다. 그가 공주에게 뭔가 속삭였던 그 장면까지 말이다. 한데 그 내용이 바로 홀론의 조각들을 주지 말라는 내용이었던가.

대체 뭐가 어떻게 돌아가는 더욱 헷갈렸다. 헤르가탄으로부터 살아남으려면 이 상황에서 공주가 내게 그 조각들을 주어야 하는 것이 맞건만.

제인피어는 속이 터질 것 같았다.

"공주님. 이러다가 우리 모두 헤르가탄에게 죽임을 당한단 말입니다. 그러니 당장 그걸 아이더 님에게 주세요!"

공주 역시 어떻게 해야 하나 갈등 중에 있었다. 솔직한 내 심정으론 당장에라도 전해 받고 싶었지만 공주의 마음은 쉽게 돌아서지 않을 것 같았다.

대체 먼 미래의 나는 왜 공주에게 조각들을 내게 주지 말라고 전했을까. 바로 그때 천장 위로부터 들려오는 굉음.

쾅!

우두둑.

어떤 강력한 힘에 의해 천장 전체가 뜯겨 버렸고 석양빛이 환하게 비추어졌다.

휘리리릭!

거대한 날개를 펼친 흑색 군장의 사내, 그는 헤르가탄이었다.

"하하하. 드디어 찾았군. 설마하니 이곳에 숨어 있으리라 생각 못 했는데. 하하."

나는 재빨리 공주, 제인피어와 함께 신전 뒤쪽에 보이는 절벽 끝으로 도망쳤다.

헤르가탄은 급하지 않았다. 어차피 자기 눈에 띈 이상 우리는 이미 잡아 놓은 먹잇감이나 다름없었기에 여유를 부렸다.

그때 그가 관심을 보인 것은 바로 공주와 그녀가 들고 있는 두 개의 빨간 조각들이었다.

"흠. 너는 누군가? 그리고 그 손에 쥔 것이 무엇이지."

그러자 공주가 당당하게 외쳤다.

"나는 용족의 신성 제릭 님의 부인이다! 만일 우리를 해친다면 남편이 가만두지 않을 것이니 당장 물러가라."

그 말에 헤르가탄은 다소 놀란 반응을 보였다.

"제릭의 부인이라고?"

"그렇다."

"그런데 뭐야! 그대가 이들과 무슨 연관이 있기에 여기 나타나서 내게 으름장을 놓는 거지?"

"우릴 건들면 그건 곧 용족과의 전쟁을 의미하는 것이니 당장 물러가라."

그러자 헤르가탄은 손으로 자신의 턱을 만지작거리기 시작했다.

"흠. 용족과의 전쟁이라……."

그는 연신 고개를 갸웃거리더니만 이내 속내를 드러냈다.

"그거야 내가 바라던 건데. 어차피 사성을 죽인 후 용족을 말살시키려는 것이 내 계획이었는데 이제는 제릭의 마누라까지 내 앞에 직접 나타나다니. 하하. 일이 술술 잘 풀린다는 말이 이럴 때 쓰이는 것이었군."

어느 때보다도 살기 가득한 눈빛으로 검을 뽑은 그가 서서히 우리를 조준했다. 나는 마지막 심정으로 외쳤다.

"애초 네 목표는 사성이니 나를 죽이는 대신 이들은 살려 주기 바란다."

"너를 죽이는 대신에 그들을 살려 달라고? 하하, 그건 네 놈이 상관할 바가 아닌 것 같은데. 이제 홀론에서 나는 절대 무적이니 누구를 죽이고 살리는 것은 오로지 나 자신에게 달린 일이지."

물론 그가 그렇게 나올 줄 알았다. 그렇다면 지금으로서 내가 할 일은 석양 노을이 질 때까지 시간을 버는 것이었다.

헤르가탄은 아까 전에 분명 약속했었다. 태양이 보이지 않을 때까지 자신에게서 도망칠 수만 있다면, 우리 목숨은 물론 인간 모두를 살려 주겠다고.

"헤르가탄! 그대는 테라 종족의 수장으로서 약속을 지킬 줄 아는 대장부라 들었다."

헤르가탄은 고개를 끄덕였다.

"그건 그렇지. 그런데 지금 그게 무슨 상관이 있다는 거지?"

"……."

나는 태양이 완전히 지기를 기다리며 잠시 침묵을 지켰다. 그러자 헤르가탄이 화를 냈다.

"네 이놈! 왜 대답이 없는 거냐."

나는 손을 들어 서쪽을 가리켰다.

"태양이 그 모습을 감추었으니 약속대로 우릴 살려 주길 바란다."

순간 헤르가탄은 어리둥절한 반응을 보였다.

"뭐! 뭐야! 해가 졌잖아."

나는 그 틈을 이용해 확답을 얻으려 했다.

"자! 그대는 더 이상 우리를 위협하지 말고 물러나기를 바란다."

그러자 제인피어 역시 나를 거들었다.

"그대가 아까 전에 약속했던 말은 바람을 타고 이미 대륙 전체에 퍼져 있다. 알다시피 나는 대지의 여신으로서 정령계와 다른 차원계에도 그 소식을 퍼트렸지. 만일 그대가 약속을 어긴다면 홀론 대륙의 최강자가 된다 해도 끝내 존경받지 못하는 수장으로 남을 거란 사실을 명심해라."

헤르가탄은 몸을 부르르 떨었다.

"이것들이! 정말."

그는 갑자기 검을 들어 올리더니만 해가 진 서쪽 산봉우리를 향해 강하게 휘둘렀다.

획!

파파파팟.

순간 강력한 검광이 산 쪽으로 뻗어 가더니만 봉우리와 큰 충돌을 일으켰다.

쾅!

그 거대한 산 정상이 흔적도 없이 사라졌고 그 뒤쪽으로 이미 진 줄 알았던 태양이 빛을 발하고 있었다. 뚫린 천장을 통해 석양빛이 다시 쏟아져 내렸다.

"하하하. 아직 석양이 지지 않았으니 나는 약속을 어긴 게 아니다. 자! 이쯤에서 다 죽어 줘야 하겠어."

그의 검은 이내 우리게 겨누어졌다.

결국 나는 공주를 안고 절벽에서 그대로 뛰어내렸다. 제인피어는 대지의 여신이기에 스스로 중력의 힘을 벗어날 수 있었으니 일단은 공주부터 챙기기로 하였다.

슉슉슉슉.

천 길 낭떠러지 아래로 추락하는 도중 나는 보호막을 형성했다. 그리고 공주의 밑쪽을 받침으로써 그녀를 최대한 보호하고자 했다.

내 공력은 이미 바닥이 나 있기에 이대로 떨어진다면 나는 목숨을 잃을지 모르지만 공주는 살아남을 확률이 컸다.

"아이더!"

“공주님! 반드시 살아남으셔야 합니다.”

“아이더!”

이미 다른 자의 아내가 되어 버린 공주, 하지만 지금은 내 품에 안긴 너무도 그립고 사랑스러운 여인이었다. 이제 더 이상의 미련도 없었다. 내 희생으로 그녀만이라도 안전하다면 진정 바랄 것이 없었다.

나는 점점 나락의 끝으로 치닫고 있었다. 다행히 내 공력을 다 쏟아부은 3중의 방어막은 공주를 겹겹이 감싸 주었기에 안심이 되었다.

쿵!

우두둑!

그로부터 잠시 후.

땅거미 어둑어둑해질 무렵, 공주와 제인피어는 정신을 차릴 수가 있었다. 공주는 바닥에 널브러져 처절한 신음을 흘리고 있는 나부터 살펴보았다.

“아이더!”

하지만 나는 내 상처보다 헤르가탄이 나타나진 않을까, 그것부터가 걱정이었다.

“도망가야 해요. 그가 오기 전에.”

제인피어의 음성이 들려왔다.

“해가 완전히 졌기에 그는 오지 않을 겁니다.”

공주는 나를 안아 들고 눈물부터 쏟아냈다.

"흑. 아이더! 괜찮아?"

"괘, 괜찮습니다. 욱."

선혈이 마구 토해졌다.

"컥! 컥!"

"아이더! 흑! 흑!"

머리 뒷부분에서 축축함을 느꼈다. 피가 번져 주변이 빨갛게 물들었다. 제인피어 또한 권능이 다하여 바닥에 누운 채 일어나지를 못하고 있었다. 공주만이 방어막 덕분에 큰 부상은 입지 않은 듯 보였다.

다만 옷이 찢어지고 해져 그가 간직했던 빨간 조각들 두 개가 바로 내 옆에 나뒹굴고 있었다.

"아."

구토가 심해졌고 현기증에 의식을 잃어 가고 있었다. 정녕 이게 내 마지막 운명일는지. 그나마 다행이었다. 공주님의 품에 안겨 눈을 감을 수 있다니 말이다.

"아이더. 눈 떠 봐! 흑."

"공주님…… 홀몸도 아닌데 부디."

"지금 내 걱정 할 때야!"

이미 내 주변은 핏물로 가득했다. 그리고 그 피가 흘러 공주의 몸에 떨어져 나온 빨간 조각들을 적시기 시작했다.

바로 그때였다.

웅!

팟!

진동음과 함께 두 개의 빛이 반짝이는 것이었다. 나는 정신을 잃어 가는 상황에서조차 그것들을 생생히 목격할 수 있었다.

홀론의 조각들, 놀랍게도 그 빨간색 보석들이 점점 백색으로 변하더니만 이내 푸른빛을 띠기 시작했다.

제인피어 역시 그것을 살펴보고 있었다.

"색이 빨강에서 푸른빛으로 변하고 있어요."

공주는 조심스럽게 그 두 개의 조각을 집어 들었다.

"빛깔이 완전히 변했어요."

제인피어의 동공이 놀라움으로 팽창되었다. 그녀가 공주에게 물었다.

"홀론의 조각들에 제릭 님이 결계를 쳐 놓았다고 했죠?"

공주는 얼떨결에 대답했다.

"네, 맞아요! 그분이 광기로 똘똘 뭉쳐 있을 때 쳐 놓은 결계라 그 누구도 가질 수 없다고 했지요."

제인피어는 잠시 생각에 잠기는 듯싶더니만 이내 말문을 열었다.

"용족에게 있어서 빨강은 분노와 폭력, 광기를 뜻합니다. 하지만 파란색은 희생과 배려, 사랑을 나타내지요. 홀론의 조각들이 빨강에서 푸른빛으로 변했다는 것은 제릭 님의 예전 광기가 희석되어 원래의 모습을 되찾았음을 의미하는 거 아닐까요."

공주는 어리둥절했다.

"그게 어떻게 가능하죠."

"당신을 구하려는 아이더 님의 피가 묻은 색이 변한 거니 아마도 희생과 사랑에 반응을 보인 것 같은데요."

"그럼 결계가 풀린 것인가요?"

제인피어는 그녀에게 부탁했다.

"조각들을 아이더 님에게 건네주시기 바랍니다."

공주는 이제 주저할 것 없이 조각들을 내 가슴 위에 올려놓았다. 순간 신기한 일이 벌어졌으니.

우우웅!

파팟.

단단했던 보석 모양이 이내 젤리처럼 허물어져 내 가슴 안쪽으로 스며드는 것이었다.

"아, 아, 아."

아주 기묘한 느낌이었다. 체력이 다 빠진 상태에서 전혀 이질적인 에너지가 내 몸속을 채워 가기 시작했다. 뭐라 설명할 수 없는 희열이랄까. 그토록 답답했던 심장을 한 줄기 바람이 관통하는 것처럼 너무도 시원했다.

하지만 아직은 몸을 움직일 수가 없었다. 아마도 사지 중세 군데는 골절되었기 때문인 것 같았다. 그래도 정신은 점점 맑아졌다.

파팟!

내 몸은 이내 푸른빛으로 감싸였고 그 평온함에 진한 감동이 밀려왔다.

잠시 후 제인피어와 공주는 들것을 만들어 나를 조심스럽게 눕혔다. 홀론의 조각으로부터 나오는 에너지의 효과는 당장 부러진 뼈들을 이어 붙여 주지는 못했지만 나는 이미 전혀 다른 사람이 된 기분이었다.

제인피어는 주변을 두리번거렸고 들것의 앞쪽을 들어 올렸다.

"일단 여기부터 벗어나는 것이 좋겠어요. 홀론의 힘을 완전히 얻기까지는 다소 시간 걸린다고 알고 있거든요."

공주 역시 뒤쪽으로 가서 힘껏 들것을 들어 올렸다.

"당장 가죠. 아마도 저 언덕 너머에 나를 데리고 온 용이 기다리고 있을 겁니다."

제76장

일방적인 유린

그로부터 한 달 후.

테라 종족의 수장 헤르가탄은 치열한 전쟁을 하기보다는 아이들의 전쟁놀이를 즐기고 있었다. 용족의 거센 저항은 어느 정도 예상했었고 그들의 신성 제릭에 대해서는 그다지 신경을 쓰지 않는 것 같았다.

최근에 입수한 정보에 의하면 제릭은 지난번 자신과의 공력 싸움으로 심한 내상을 입고 아직 회복이 안 된 상태였기 때문이다. 그렇기에 용족의 거점을 함락시키는 데 있어서 그다지 서두를 생각이 없었다.

한편 이에 맞서는 용족은 살얼음을 걷는 심정이었다. 테라 종족에 흡수된 마족과 고대 전사들의 병력 규모만 하더라도 족히 수십만은 되었고 그 뒤로 테라 전사들이 뒤를 받쳐 주고 있기에 점점 희망이 줄어들고 있었다.

제릭이 가장 가슴 아픈 까닭은 용족이 패배한다는 것보다 이제 배가 부른 아내, 베아트리체의 안위 때문이었다. 조금 있으면 산달에 다다른 아내와 곧 낳을 아이들에 대한 걱정이 너무나 컸을까.

참으로 생각하기도 싫었다. 사랑하는 가족과 동족을 위해서라면 반드시 이 전쟁을 승리로 이끌어야 하건만 헤르가탄은 거대한 산맥 같은 존재였으니, 불사의 용인 그 자신조차 대항하기 어려웠다.

제릭은 그가 이 전쟁을 느슨하게 치르는 이유가 자신의 심장을 일부러 쥐어 오며 그걸 즐기기 때문임을 알고 있었다.

하지만 제릭에게도 일말의 희망이 있었다. 그건 바로 아이더였다. 아내에게 들은 얘기로는 그가 홀론의 조각 두 개를 취했다고 하는데 완전한 흡수까지는 시간이 걸린다고 했다. 문제는 얼마나 걸릴지 모른다는 것이다. 더군다나 인간이 조각 두 개를 취한들, 헤르가탄과 맞설 만큼 강해진다는 보장도 없었다.

용족의 심장부인 거탑 안에는 나와 제인피어가 함께 있었다. 홀론의 조각을 취한 이후, 나는 정신이 맑아지고 새로운 힘을 느꼈지만 육체적으로는 아직 회복이 덜 된 상태였다.

아직 완전한 흡수를 이루지 못한 이유가 궁금했고 점점 애가 탔다. 원래 인간은 홀론과 동떨어진 존재이며 그것을 취할 수 없다고 했건만, 나는 애초부터 되지 않는 일을 가능케 하려는 허망한 꿈을 좇고 있는지도 몰랐다.

테디우스가 홀론의 조각을 취했던 건 테라 종족인 헤르가탄의 피를 옮겨 받는, 일종의 전이 의식을 치렀기에 가능했던 일이다. 하지만 나는 순수한 혈통의 인간이다. 비록 지난번 절벽 추락 시에 공주를 살리고자 하는 희생정신 덕에 제릭의 결계가 풀렸다지만 이후 조각의 힘을 완전히 흡수하는 데에는 어려움이 컸다.

현새 용족은 테라 종족과 전쟁 중이다. 지금이라도 헤르가탄이 마음먹고 쳐들어온다면 속수무책으로 당할 수밖에 없을 것이다.

나는 이내 한숨을 쉬고 말았다. 그런 나를 바라보는 제인피어 역시 어두운 표정이었다.

"너무 심려치 마세요."

"심려치 말라니요. 이 상황에서 어찌 가만있을 수 있겠소. 제릭 역시 부상당한 몸으로 언제까지 버틸지 모르는 일이고, 용족의 병력 중 절반이 희생당했다고 하는데 아마도 머지않아 헤르가탄은 우리 모두를 소멸시킬 것입니다."

"……"

　제인피어는 잠시 침묵을 지켰다. 그러기를 얼마간, 이윽고 그녀가 조심스럽게 입을 열었다.

　"아이더 님이 홀론의 조각을 취하지 못하는 건 단 한 가지 이유 때문이랍니다. 바로 인간계에서 태어나고 자랐기에 홀론의 정기가 없다는 거죠. 조각들을 받아들이려면 반드시 이곳 대륙과 육체적으로나, 정신적으로 연관이 있어야 하거든요."

　나는 힘없이 고개를 절레절레 흔들었다.

　"바로 그것 때문에 내가 답답해하는 거요. 나는 애초에 홀론의 조각을 취할 수 없는 운명을 타고난 것 같소. 그저 이대로 인간인 채 삶을 마감해야 하는……."

　그때 제인피어가 내 눈을 똑바로 쳐다보며 말했다.

　"그럼 인간의 신체를 바꾸면 되죠?"

　"인간의 신체를 바꾸다니요!"

　"……."

　그녀는 다소 부끄러운 듯, 얘기하기를 꺼려했다.

　"저, 저와 정령 의식을 맺는다면?"

　"정령 의식이요?"

　"인간의 기준으로 본다면 그건 결혼이랍니다."

　나는 잠시 멍했다.

　"……."

　그녀는 나와 눈을 마주치지 못했고 다시 겨우 말했다.

"부끄러운 얘기지만 인간들이 그러하듯 정신과 육체를 섞어야지만 완전한 의식을 이룰 수 있답니다."

그 얘기는 갓 결혼한 부부처럼 첫날밤을 치러야 한다는 말 같았다. 순간 나 역시 다소 어리둥절했다.

"하지만 서로가 사랑하지 않는다면 완전한 의식을 이룰 수 없습니다. 인간들과 마찬가지로 정령 또한 자신의 모든 마음을 열어 놓고 상대를 받아들여야 하거든요. 문제는 아이더 님이 저에 관해서 어떻게 생각하느냐는 것이지요."

"……."

당황스러울 뿐이었다.

"제, 제인피어……."

"당신의 마음속에는 이미 사랑하는 분이 자리 잡고 있음을 잘 압니다. 그렇기에 당신과 나의 결합은 위험할 수도 있고요."

나는 잠시 생각에 잠겼다. 아이더가 아니라 마로의 삶을 살 때 나는 진정 그녀를 사랑하지 않았던가. 더구나 베아트리체는 현재 제럭의 아내였다. 이제는 내 마음속에 추억으로 남아 있을 뿐, 연인으로서의 감정은 사라졌다.

어쨌든 생각해 보니 내가 진정 사랑했던 여인이 제인피어라는 사실을 잠시 잊은 것도 같았다. 하지만 그녀는 불안했다.

"만에 하나 그대의 마음속에 저와의 결합을 어색해하거나 꺼려하는 느낌이 있다면, 저는 의식을 치르는 동안에 소멸될 수 있답니다."

순간 나는 외쳤다.

"소멸되다니요!"

"그게 정령의 법칙입니다. 정령이 인간을 사랑하려면 그 대상에게도 진실된 마음이 있어야 가능하거든요."

나는 불안했다. 혹여, 제인피어에게 무슨 일이 생긴다면, 아니, 소멸된다면……. 그건 생각하고 싶지도 않았다.

나는 또다시 골몰했다.

'나는 지금까지 누구를 사랑해 왔던가?'

일단 떠오르는 상대는 공주 베아트리체였다. 그런데 갑자기 눈앞에 다가온 건 제인피어, 그녀의 모습이었다. 잠시 그녀를 잊고 있었을 뿐, 내 마음속에는 공주뿐만 아니라 제인피어도 함께 있었다는 것을 왜 이제야 깨달았던가.

아이더가 아닌 마로로서 세상 그 누구보다도 사랑했던 어인!

'아이더가 아닌 마로의 입장에서 봐야 해. 반드시……'

하지만 나는 다시 아이더로 돌아온 상태였다. 아니, 아이더와 마로의 중간 인물이랄까. 그 둘이 하나로 모인 영혼이기에 마음이 나뉠 수도 있는 일이다. 각각 베아트리체와 제인피어에게로. 만약 그리될 경우 제인피어는 소멸의 운명을 피할 수 없을 것이다.

결국 나는 고개를 좌우로 저었다.

"그건 안 될 말이오."

"……."

제인피어 역시 고개를 수그리고 말았다.

그때 뒤쪽으로부터 들려오는 음성.

"바보 같은 놈!"

뒤를 돌아보자 공주가 몹시 성난 표정으로 나를 노려보고 있었다.

"착각은 자유라지만 어떻게 네 마음속에 나를 품고 있다는 거지. 나 참. 기가 막혀서 말도 안 나오네."

"공주님."

"나는 너를 신하 이상으로 생각한 적이 단 한 번도 없었거든. 그런데 뭐? 마음속에 나를 품어? 이런 불경한 지식 같으니라고! 정말 열 받네."

그녀는 여전히 화가 풀리지 않았는지 계속 잔소리를 해댔다.

"너 혹시 자아도취 병이라도 걸린 거 아냐? 설마 아직도 내가 너한테 마음이 있다고 여기는 건 아니겠지. 만일 내 마음속에 조금이라도 네가 있었다면 나는 애초부터 제릭 님과 결혼하지도 않았다고! 이 멍청아!"

"……."

나는 뭐라 할 말이 없었다. 공주는 갑자기 인상을 풀고는 제인피어에게 빙그레 웃으며 말했다.

"둘 사이의 대화를 본의 아니게 엿듣게 되어 죄송합니다. 하지만 저 자식 얘기를 들어 보니 너무 화가 나서요. 우린 애초에 공주와 신하 관계였고 지금 이 순간까지 변한 건 하나도 없습니다. 둘 사이에 대화를 듣다 듣다 못해 끼어든 것은 더 이상 아이더에게 착각 속에 빠져 살지 말라고 충고해 주기 위해서니 양해 바랍니다. 저는 현재 남편인 제릭을 보자마자 첫눈에 빠져들었고 앞으로도 영원히 사랑하며 살아갈 것입니다. 물론 지금 제 뱃속에 자라는 아이들 역시 아빠와 제 사랑을 듬뿍 받으며 무럭무럭 커주기를 바라는데, 저놈이 헛소리를 해대는 바람에 갑자기 화가 나더라고요."

제인피어는 그녀의 말에 다소 어리둥절했다.

"공주님."

"저는 더 이상 공주가 아니랍니다. 그저 한 남자의 아내일 뿐. 앞으로는 편하게 불러 주세요. 그냥 베아트리체라고. 후후. 말하다 보니 두 분의 밀담에 방해가 된 것 같은데 저는 이만 가볼게요."

공주는 홱 돌아서더니만 출구 쪽으로 향했다.

잠시 후 베아트리체는 문밖으로 나왔고 모퉁이를 돌아 복도 쪽으로 걸어가다가 갑자기 비틀거렸다. 아까 아이더에게 호기를 부릴 때와는 달리 눈가에 눈물이 그렁그렁 맺혀 있었다.

 그녀는 속이 답답했는지 손으로 가슴을 억누르고 깊은 한숨을 내쉬었다.

 '후. 아이더…… 끝까지 눈물 나게 만드네. 여기까지 와서 내가 너한테 무슨 말을 할 수 있겠냐. 멍청한 자식. 그래! 넌 앞으로 네 갈 길이나 가면 돼.'

 그녀는 소매로 눈물을 슬쩍 닦았다. 여전히 가슴이 갑갑한지 가쁘게 심호흡을 했다. 곧이어 복도 쪽으로 겨우 발걸음을 옮겼다.

 '넌 참 복도 많아…….'

                    *   *   *

 홀론 대륙의 원래 주인이었던 용족, 그 위풍당당했던 모습은 온데간데없고 테라 종족의 연합군인 마족과 고대 전사들에게 지리멸렬 쫓기는 신세가 가히 애처롭기까지 했다.

 크악!

 휘리리릭!

 철옹성과도 같았던 성벽 이곳저곳에 검은 연기가 꾸역꾸역 피어올랐다. 상공에서는 테라 전사들과 용족이 치열한 전투를 벌이고 있었고 지상에서는 마족들이 인해전술을 펼치며 성벽에 기대어 놓은 사다리를 타고 오르기 시작했다.

와와!

이곳은 용족의 마지막 보루인 성벽 본채로, 공중전에는 용족 자신들이 나섰지만 지상에선 최근 합류한 인간계의 병사들이 사투를 벌이고 있었다. 그들 중에는 아이더가 마로의 삶을 살 때 수하로 거두었던 샤칸과 제나이더, 도지, 그리고 루첸트가 보였다.

루첸트는 대지의 여신 네메시스, 제인피어의 동생으로 정령들 중에서도 전투 계열에 속했으니, 가장 두드러진 활약을 펼치고 있었다. 그녀의 비검이 한 번 허공에 휘둘러질 때마다 수십 명의 마족들이 비명횡사를 했고 바람의 정령답게 폭풍을 일으키면 적들의 사다리들이 산산조각 났다.

그리고 또 한 존재, 그는 현자의 검에 갇혔던 악마 크라크츠로 상당한 전투력을 발휘하고 있는 중이었다. 원래 그는 다른 차원계 출신으로 이 세계에 관여할 수 없는 금제를 부여받았지만 그럼에도 인간들과 용족을 돕기로 결정한 것이다.

그에게는 자신이 속했던 암흑의 세계에서부터 악령들을 불러내어 적과 싸우게 하는 권능이 있었다. 그런 능력 역시 이 치열한 전투에 큰 힘이 되었다. 사실상 중앙 성문이 아직 함락당하지 않는 이유는 크라크츠와 루첸트가 있기 때문이었다.

와와!

인간계 출신의 제국의 정예 병사들, 그들은 오로지 사성의 군주 아이더만 믿고 홀론에 발을 내디딘 용맹한 검사들이었다. 초기에는 백만 대군이었던 그들이 현재는 고작해야 십만여 명으로 줄어 있는 상태지만, 이 전쟁에 있어서 그 어느 종족보다도 용맹하고 목숨을 아끼지 않았다.

인간들은 아직도 믿고 있었다. 바로 군주의 부활을 말이다. 그가 반드시 나타나리라 확신하고 최후의 결전을 벌이는 중이었다. 이미 아이더는 그들에게 있어 영웅이자 신적인 존재였다.

와와!

"군주를 위해서! 억!"

"공격! 큭."

하나둘씩 피를 토하고 죽어 가면서도 절대 용맹을 잃지 않았다. 군주를 외치며! 자신의 죽음조차 두려워하지 않으며 피투성이가 되도록 검을 휘둘렀다.

어느 정도 시간이 흘렀을까. 테라 전사들과 용족 간의 공중전은 서서히 그 막을 내리려고 했다. 헤르가탄이 직접 진두지휘하는 공중전에서 테라 전사들이 압도적인 우위를 점했고 지상의 성벽도 거의 함락당하기 일보 직전이었다.

용족과 인간군 연합은 일촉즉발의 위기를 맞이했고 이제는 더 이상 항거할 여력조차 사라지고 있었다. 한데 그때, 어디선가 나팔 소리가 들려오는 것이 아닌가.

뿌우우!

뿌우우!

순간 거대한 파도처럼 밀려왔던 적군들이 퇴각을 하기 시작했다. 공중의 테라 전사들과 지상의 마족, 그리고 고대 전사들은 썰물처럼 삽시간에 뒤로 후퇴했고 거의 함락 직전에 몰렸던 아군은 기사회생할 수 있었다.

그럼에도 불구하고 아군은 어리둥절했다. 압도적 우위를 점하고 있던 적들이 왜 물러갔는지 말이다.

그로부터 잠시 후. 적진 상공으로부터 누군가 거대한 날개를 펼친 채 용족의 중앙 성루 쪽으로 다가오고 있었다. 이어 엄청난 공력이 실린 음성이 드넓은 전장을 쩌렁쩌렁 울렸다.

"이제 전쟁도 재미없군! 너무 시시하단 말이다. 어느 정도 백중세가 유지되어야 이 짓도 할 맛이 나거늘. 이건 아냐, 아니라고!"

목소리의 주인공은 다름 아닌 헤르가탄이었다. 그는 허공에서 날갯짓을 했고 가장 오만한 자세로 성루를 바라보며 다시 굵직한 음성을 뱉어냈다.

"제릭! 숨어 있지 말고 당장 모습을 드러내라. 어차피 이 전쟁은 쓸데없는 짓! 너와 내가 승부를 가른다면 그걸로 간단하게 해결할 수 있지 않은가!"

"……."

"왜 대답이 없는 것인가! 설마 용족의 신성이자 불사의 용이 내가 무서워 바들바들 떨고 있는 것은 아니겠지!"

그때 성루 뒤쪽으로부터 모습을 드러내는 자가 있었으니, 바로 제릭이었다. 그가 헤르가탄을 노려보며 호통을 쳤다.

"당장 네놈을 처단하여 그 목을 성루 꼭대기에 걸어 놓을 것이니 단단히 각오하여라."

헤르가탄은 제릭을 보자 절로 웃음이 나왔다.

"하하하. 숨어 있기 창피해서 마지못해 나온 꼴인 것 같은데. 몰골이 창백한 것으로 보아 지난번 나와 공력 대결에서 내상을 입었다는 말이 사실이었군."

제릭 역시 콧방귀를 꼈다.

"흥! 내가 불사의 용이라는 사실을 빌써 잊은 긴가! 네기 아무리 발버둥 쳐 봐야 결국 내 손에 죽게 되어 있지."

"오오라! 그 기백은 여전하군. 어쨌든 아주 반가운 소리야! 나는 혹시라도 네놈이 목숨만은 살려 달라고 저자세로 나올까 봐 걱정이 되었거든. 솔직히 네가 내 발등이라도 핥았다면 뭐 그래 줄 수도 있는 문제! 내가 원래 인정이 많거든. 다만 여색을 밝히는 관계로 지난번 봤던 네 아내에게 다섯 번째 첩이 될 수 있는 영광을 줄까 싶어. 아니면 그냥 뱃속에 있는 네 씨앗들을 함께 죽여 버리든가."

그 말에 제릭은 몹시 분노했다.

"찢어 죽일 놈! 감히 너 같은 놈이 내 아내와 아이를 거론하다니!"

헤르가탄은 팔짱을 낀 상태에서 더욱 오만한 자세로 말했다.

"나더러 너 같은 놈이라니. 도대체 네가 뭐 하는 놈이기에 그리 기세가 등등하지. 이 세상은 어차피 적자생존의 법칙에 따라 흘러가는 것이 아닌가. 나는 홀론에서 가장 강하니 그만한 대접을 받는 것이고, 너 같은 병자를 홀대하며 뭐 이런저런 얘기도 할 수 있는 것 아닌가. 내 말이 억울하면 나와 대결을 펼쳐 이기면 되는 것이고. 자! 간단하지 않은가. 네게 힘이 있다면 당장에라도 나를 꺾으라고. 그리고 내 혀를 뽑아서 삶아 먹든지 말든지. 그건 강자의 권리이니 나는 억울할 게 하나도 없지. 다만 과연 지금 시점에 네가 나보다 전투력이 높을지는 의문이긴 하군."

그때 제릭은 성루 위로 발을 딛고 올라섰다.

"말이 필요 없군."

"내 말이 그 말일세. 후후. 하지만 오늘은 시시한 공력 대결이 아닌 실전이기에 전력으로 덤벼야 할 거야. 그렇지 않으면 내가 재미없거든."

순간 제릭의 몸체가 부풀어지기 시작했다.

슈슈슈슉!

휘리리릭!

그러더니 거대한 황금빛 용으로 변해 버렸고 날개를 퍼덕거렸다.

크앙!

그런 그의 모습에 헤르가탄은 무척 놀란 듯 입을 헤 벌렸다.

"오호. 황금용이라! 말로만 들어왔던 불사의 용의 실체가 바로 저 모습이란 말인가! 정말 멋있군. 진심으로 멋있어."

크앙!

제릭은 괴성을 지르며 헤르가탄에게 돌진했고 그대로 화염을 뱉어냈다.

화르르!

입으로 뿜어지는 열기는 엄청났다. 그건 불길이라기보다도 용암 줄기로, 일반 용족의 그것과는 차원이 달랐다. 그저 스치기만 해도 재가 될 정도로 뜨거웠으니 말이다.

헤르가탄은 순간 이동이라도 한 듯 그 자리에서 사라졌다. 그와 동시에 제릭 뒤쪽에서 나타나 검을 휘둘렀다.

삭!

크앙!

꼬리 쪽이 베이고 말았다.

"하하! 화염의 농도는 화산과도 같지만 그렇게 굼벵이 같아서 어찌 불사의 용이라 말할 수 있겠는가! 자! 이번 공격이 내 첫 번째 선물이니라. 그저 슬쩍 벴는데 좀 따끔거릴 정도겠지?"

제릭은 재빨리 몸을 틀어 그가 있는 쪽으로 다시 용암을 뱉어냈다.

화르르!

하지만 이번에도 헤르가탄이 사라지며 화염은 애먼 곳을 향해 뿜어졌다. 어디서 나탈날지 예측할 수 없었다.

파팟!

크앙!

이번엔 머리 위쪽이 따끔거렸으니, 어느 새 그의 검이 제릭의 정수리에 박혀 버린 것이었다.

"하하하. 느림보도 이런 느림보는 없을 것이다. 도대체 왜 네놈이 신성이라는 거지. 다른 용족들이야 원래 그렇다 쳐도 너는 뭔가 다른 것을 보여줄 줄 알았건만. 하하."

그는 검을 빼고는 상공으로 날아올랐다. 다시 들려오는 음성.

"자! 이번엔 내가 어디서 나타날지 기대해 보라고! 아둔한 용이여!"

그 순간 제릭의 왼쪽 눈에서부터 고통이 느껴져 왔다.

크앙!

애석하게도 검이 그의 한쪽 동공을 검으로 쑤셔 박았던가. 그는 몸부림을 치며 사방으로 마구 불길을 내뿜었다. 하지만 헤르가탄의 비아냥거리는 음성만이 계속해서 들려왔다.

"풋! 자신이 뭘 공격하는지도 모르고 마구 불을 뿜으며 발광하는 꼴이라니! 자! 한쪽 눈이 실명되었으니 이제부터는 불사의 용이 아니라 애꾸눈 용이라 불러 줄까! 하하."

화르르!

제릭은 불길을 마구 뿌렸지만 도대체 헤르가탄이 어디 있는지를 분간할 수 없었다. 더군다나 한쪽 눈이 실명된 상태에서 그를 찾아내기란 무척 어려웠다.

그때 박수 치는 소리가 들려왔다.

짝짝!

"이거 대결이 너무 싱겁군그래, 이제부터는 내 위치를 알려주기 위해 박수를 칠 테니 잘 조준해서 불길을 뱉으라고."

짝짝!

제릭은 소리가 나는 쪽으로 화염을 쏟았다. 하지만 이내 뒤쪽에서 박수소리가 들려왔다.

짝짝!

화르르!

그쪽을 향해 공격을 하면 헤르가탄은 어느새 옆쪽에서 칼질을 하고 있었다.

삭!

"크앙!"

뱃살에서 붉은 피가 마구 쏟아지기 시작했다. 제릭은 너무 괴로운 듯 괴성을 질렀고 일단 뒤쪽으로 날아가서 안전거리를 확보하기로 했다.

휘리리릭!

"뭐야! 지금 도망치는 건가?"

그가 이번엔 용족과 인간들이 있는 성루 쪽에다 대고 외쳤다.

"봤는가! 자네들이 신성으로 모시는 저 애꾸눈 용의 겁먹은 모습을! 하하. 바로 나, 테라 종족의 수장 헤르가탄에게 쫓기는 가련한 불사의 용. 물론 그 이름에 걸맞게 쉽게 죽지는 않겠지. 또다시 회복이 되어 나에게 대항을 하겠지만 결국 매번 칼질을 당하는 고통을 맛보아야 하니, 저렇게 기구한 운명이 어디 있을꼬."

그때 제릭은 사력을 다해 다시 헤르가탄에게 돌진해 들어왔다.

"크앙! 죽여 버릴 테다!"

화르르!

또다시 불길을 내뿜었지만 어김없이 사라져 버리고 만 헤르가탄.

화르르!

"이런 병신 같은 용! 네 능력이 고작 그 정도밖에 안 되는가! 아무래도 본격적인 칼질을 해야겠군. 이번엔 좀 아플 거다!"

삭! 삭!

삭! 삭!

"아아아아악!"

잔인하게도 헤르가탄은 이리 번쩍 저리 번쩍 나타나며 제릭의 몸 이곳저곳을 마구 난도질하기 시작했다. 마치 하늘에서 붉은 비가 내리듯 그의 몸에서부터 핏줄기들이 마구 뿌려졌다.

"이렇게 해도 불사의 용이니까 죽지는 않겠지. 하지만 그 고통은 견디지 못하리라!"

파파파팟!

무지막지한 검질은 계속해서 행해졌고 제릭은 이미 만신창이가 되어 허공에서 몸부림을 치고 있었다. 그리고 들려오는 헤르가탄의 싸늘한 음성.

"생각해 보니 애꾸눈 용보다는 아예 장님으로 만들어 주는 것이 낫겠군. 자! 나머지 눈알도 내가 가져가겠다."

제릭은 거의 체념 단계에 이르렀고 눈을 지그시 감았다. 더 이상 불길을 내뿜을 생각도 없었다. 이대로 치욕을 겪느니 차라리 죽고 싶은 심정이었다.

그때 성루 쪽에서 들려오는 애절한 외침.

"여보! 흑!"

그녀는 아내 베아트리체였다.

"흑! 제발 그이를 살려 주세요."

순간 헤르가탄은 공격을 멈추었고 성루 쪽을 바라보았다.

"흠. 이게 누구신가. 제릭의 어여쁜 아내라."

"선처를 베풀어 주기 바랍니다. 제발요! 흑! 흑!"

헤르가탄은 고개를 갸우뚱했다.

"선처라니? 네 남편이 불사의 용이라는 사실을 모르는가? 어차피 죽진 않잖아. 나는 다만 장님으로 만들어 주겠다는 거니 너무 상심하지 말지."

"안 돼요!"

"안 되기는? 그건 내 마음이지."

"제발 살려 주세요."

"……."

헤르가탄은 잠시 침묵을 지켰다. 그리고는 다소 음흉한 눈빛으로 그녀를 바라보며 실소를 흘렸다.

"내가 네 남편을 살려 준다면 그에 대한 대가로 나에게 뭘 해 주겠나?"

"……."

"흠. 반반하게 생긴 게 내 첩이 될 수 있는 영광을 주고 싶은데."

"……."

"왜 대답이 없는 거지? 뭐 싫다면 네 남편의 눈알을 도려내는 수밖에. 후후."

바로 그때였다. 어디선가 들려오는 외침.

"잠깐!"

헤르가탄은 잠시 멈칫거렸다. 그는 누군가 하고 주변을 살펴보았지만 음성의 주인공을 찾을 수 없었다.

"어떤 놈이 감히!"

"여기! 여기라고!"

이윽고 헤르가탄은 성루 쪽에 상체를 벗은 채 대검을 어깨에 짊어진 한 인간을 발견할 수가 있었다.

"너는?"

"네 이름은. 아니, 좀 더 멋있게! 큭. 아이더라 불러다오."

"아이더. 지난번 도망쳤던 바로 사성의 군주."

아이더의 등장에 성벽 위에 있던 인간들이 일제히 함성을 질렀다.

"군주님이 돌아오셨다!"

"군주님!"

와와!

아이더는 예전의 장난 가득한 표정이었고 그들을 향해 손을 흔들었다.

"여러분 제가 돌아왔습니다요! 하하."

그러고는 냅다 베아트리체에게 다가가서 무릎을 꿇더니만 당당하게 말했다.

"공주님의 충성스러운 신하가 돌아왔습니다. 감히 어떤 놈이 공주님의 눈에 눈물을 나게 했는지요. 제가 당장 가서 혼내 주겠습니다."

베아트리체는 아이더의 등장에 제대로 말을 잇지 못했다.

"아, 아이더."

"큭! 큭!"

예전의 그 천진난만했던 아이더, 그 모습이 그대로 돌아온 듯 그만의 특유한 웃음소리를 흘리는 것이 아닌가. 웃통을 벗어 던진 채 자기 키보다도 큰 대검 하나를 어깨에 걸친 모습.

"죄송합니다. 조금 더 멋있게 보이려고 이러고 나타난 건데, 생각해 보니 똥개 잡는 마당에 복장까지 너무 신경을 썼네요."

바로 그 똥개란 헤르가탄을 의미하는 것 같았다.

"그럼 제가 어떻게 저 똥개를 잡는지 재미있게 구경해 주시기 바랍니다."

그는 말이 끝나자마자 냅다 헤르가탄이 있는 허공 쪽을 노려보았다.

"똥개야! 지금부터 나랑 놀자."

순간 헤르가탄의 눈빛에 살기가 가득했다.

"또, 똥개라니!"

제77장

피에는 피로

아이더는 성루를 딛고 허공으로 솟구쳐 올랐나.

펑!

경쾌한 음, 궁수가 쏜 화살처럼 무서운 속도로 헤르가탄 쪽으로 날아갔다. 헌데 속도가 너무 빨랐던가.

게다가 방향도 제대로 잡지 못하고 목표물과는 한참 떨어진 상공으로 순식간에 사라졌다.

"아이고!"

어느 정도 높이까지 치솟아 올랐는지 그 자신도 몰랐다. 다만 그 아래 구름이 보였고 산맥들과 평원, 그리고 성 전체가 아주 조그맣게 보였다.

상공으로 올라도 너무 올랐으니 아이더는 이만저만 당황스러운 것이 아니었다.

문제는 갑자기 몸이 추락한다는 것이다.

"빌어먹을! 젠장!"

마로의 인성에서 완전한 아이더로 돌아온 그는 예전의 거친 말투를 내뱉으며 비명을 질렀다.

"뭐야! 제기랄. 힘 조절이 전혀 되지 않잖아! 이런 개뼈다귀 같은 경우가 다 있나."

파파파팟!

하강 속도는 점점 빨라졌고 이대로 추락한다면 뼈도 못 추릴 것 같았다.

아이더는 결국 제인피어와 정신적, 육체적 결합을 가졌다. 다행히 완전한 의식 교합 성공으로 그는 홀론의 조각 두 개의 힘을 모두 얻을 수 있었다.

그러나 그 거대한 힘을 시험해 볼 시간이 전혀 없었으니 그게 문제였다. 제아무리 거대한 에너지를 지니고 있다 한들, 조율을 하지 못하면 그야말로 심각한 일이 아닐 수 없었다.

슈슈슈슉!

지상을 향해 추락하는 아이더. 그는 당장 뭘 해야 할지 전혀 모르고 있었다. 그저 팔다리를 마구잡이로 흔들어봤지만 중력을 거스를 수는 없었다.

결국…….

쾅!

우르르!

대가리부터 땅바닥에 박혀 버렸고 그 충격이 어찌나 컸는지 주변에 반경 백 미터의 구덩이가 생겼다. 공력의 너무도 넘쳐흘렀기에 지형에 변화가 일었던가.

그의 신체가 과연 온전할지 걱정스러웠다. 성채에 있는 아군들은 저마다 탄식을 했다.

특히 인간 병사들은 자신의 군주가 등장하자 너무도 기쁜 나머지 목이 터져라 함성을 질렀고, 사기는 하늘로 치솟아 올랐다. 한데 군주가 땅속 깊이 박혀 버려 그 형체도 찾아볼 수 없었으니, 저마다 잔뜩 긴장한 채 그곳을 지켜보기만 했다.

사실 현재 이 급박한 시점에서 아이더는 헤르가탄을 막을 수 있는 마지막 희망이 아니던가. 그들은 저마다 두 손 모아 기도했다.

"군주님!"

"제발!"

"대체 어떻게 된 거야. 설마 이대로 끝나는 것은 아니겠지."

한편 허공에서 이를 지켜보던 헤르가탄은 너무도 어이가

없어 웃음도 나오지 않았다. 그에게 있어서 사성의 군주인 아이더는 그저 벌레만도 못할 정도로 나약한 존재가 아니던가.

그런데 갑자기 나타나서는 공중에 한 번 솟아올랐다 그대로 지면에 충돌해서 즉사를 한 것 같았으니, 그저 한심한 눈길로 고개를 절레절레 흔들었다.

"……"

그는 아예 신경을 끄기로 했고 아까 전에 자신이 하기로 했던 일, 바로 제릭의 나머지 남은 한쪽 눈알마저 도려내어 영원토록 재기를 못 하게 하는 데 집중하기로 했다.

제릭의 거대한 몸체는 여전히 날갯짓을 하며 공중에 떠 있었지만 이제는 만신창이가 되어 더 이상 항거할 능력이 없었다. 그저 헤르가탄의 끔찍한 고문을 기다리는 처지일 뿐.

헤르가탄이 서서히 제릭에게 다가왔다. 검을 꺼내어 그의 눈을 조준했고 싸늘한 표정으로 한마디 내뱉었다.

"용족의 신성이여! 이후 홀론 대륙의 주인은 바로 나임을 이 마지막 공격으로 확정 짓겠다."

서슬 시퍼런 검날이 제릭의 눈을 파기 일보 직전이었다.

순간 들려오는 엄청난 파공음.

펑!

그 소리는 조금 전 아이더가 떨어진 거대한 구덩이로부터 들려왔다.

파파파팟!

도저히 육안으로 확인할 수 없을 정도의 무서운 속도로 솟구쳐 오른 벌거숭이 대검의 청년, 이번에는 그 방향을 제대로 잡았던가.

"개새끼!"

삭!

"억!"

놀랍게도 그의 칼끝이 헤르가탄의 얼굴 가까이를 스쳤다. 살짝 베인 것 같았지만 핏물이 몽글몽글 삐져나오기 시작했다.

순간 헤르가탄은 한 손으로 얼굴을 부여잡고 뒤로 물러났다. 손가락 사이로 흘러내리는 빨간 피, 그는 자신이 당했다는 사실을 인정하지 못하는 것 같았다.

"뭐, 뭐야. 피가……."

한편 아이더는 제릭에게 큰 소리로 외쳤다.

"당장 성채로 돌아가요."

아이더 역시 더 이상 중력에 영향 받지 않고 공중에 떠 있을 수가 있었다. 거의 정신을 잃어갈 정도로 피투성이가 된 제릭은 아이더의 등장에 어리둥절한 표정이었다.

"그대는 아이더."

"공주님의 충성스러운 신하로서 그대에게 말하노니, 당

장 돌아가 치료를 받기 원합니다! 공주님이 과부가 되는 것
은 절대 원치 않거든요.”
그는 말하는 도중에 저편 있는 헤르가탄을 바라보며 씩
웃었다.
“후후. 저자는 내가 맡을 테니 걱정하지 마시고.”
제릭은 잠시 멈칫거렸지만 더 이상 공중에서 버틸 힘이
없어 결국 성채로 돌아가기 시작했다.
한편 성채에서 엄청난 소리가 들려왔으니, 바로 군주의
재등장에 너무도 기뻐하는 인간들의 환호성이었다.
와와!
“군주님이다!”
“만세! 흑.”
개중에는 너무도 감격스러운 나머지 우는 검사도 있었다.
아이더는 그들을 향해 손을 흔들며 말했다.
“여러분! 반가워요. 큭.”
그는 하얀 치아를 드러내고는 장난기 어린 얼굴로 그들
에게 답례의 동작을 했다.
바로 그때였다. 그가 방심하고 있는 틈을 타 헤르가탄이
순간이동을 했다.
팟.
삭!
그리곤 어느 새 아이더 앞에 나타나 검을 휘둘렀다.

"아싸!"

챙!

삭!

"아악!"

아이더는 이미 예상하고 있었던 걸까. 오히려 아이더의 반격에 당한 헤르가탄이었다.

검을 막아내는 동시에 그의 다른 뺨을 살짝 베어 버렸으니 말이다.

헤르가탄은 얼굴을 부여잡고 뒤로 멀찌감치 물러났다.

양쪽 뺨에서 핏물이 흘러내렸으니 그의 분노는 걷잡을 수 없이 커져만 갔다.

"이 찢어 죽일 새끼가! 감히 내 얼굴에!"

아이더는 그런 그의 모습이 고소하다는 듯 환한 미소로 더욱 약을 올렸다.

"아프지? 큭. 물론 아플 거야. 한데 이제부터 시작인데 벌써부터 고통을 느끼면 안 되지. 네가 제릭을 난도질했던 것처럼 나도 똑같이 해 줄 거거든."

헤르가탄은 자신이 방심해서 녀석에게 당한 거라, 그리 믿고 싶었다. 하지만 뭔가 달랐다. 그렇게도 나약했던 저 인간나부랭이가 갑자기 강해지기라도 한 것일까. 그건 말도 안 되는 일이었다.

홀론에서 최강자는 바로 본인이라는 사실은 세상 모든

자들이 다 아는 얘기이다. 그래도 조심은 해야 했다. 자신의 뺨 두 군데가 베인 것이 결코 우연일 리 없다는 두려움이 일었기 때문에.

그는 공격보다도 다른 방법을 선택하기로 했다. 그것은 바로 공력을 통한 대결 구도였다.

‘공력으로 저놈을 산산조각 내버리고 말 테다. 아주 서서히.’

헤르가탄은 단번에 공력 7할을 올려 버렸고 그 힘을 아이더에게 집중시켰다. 그리고 그 힘이 통했던가.

“아아악!”

아이더는 갑자기 두 손으로 목을 부여잡고 괴로워하기 시작했다.

“그, 그만.”

그런 그의 발광하는 모습에 헤르가탄은 흡족해하였다.

“그러면 그렇지. 하하하. 자! 이제 서서히 고통스럽게 죽여 주겠다. 내가 당한 것 이상으로 수백 수천 배로 갚아 줄 것이다.”

그는 공력을 7할에서 8할로 끌어 올렸다. 순간 아이더는 비명을 질렀고 몸부림을 쳤다.

“사, 살려 줘. 너무 괴로워. 아아아아아아.”

“자! 어떤가? 그 정도로 쉽게 죽인다면 내가 아니지. 공력을 조금만 더 올려 볼까.”

그는 8할의 공력을 9할로 올려 버렸다.

"아아아아악. 컥! 컥!"

메아리가 되어 대지를 진동시킬 만큼의 거대한 신음이었다. 이에 지상에서 지켜보던 병사들은 마치 자신들이 당하는 것처럼 괴로워했다.

"구, 군주님……."

역시나 절대 무적 헤르가탄에게는 무리였던가. 그는 도저히 깨버릴 수 없는 크나큰 산맥이자 신의 경지에 이른 존재가 틀림없었다.

헤르가탄은 아직도 버티고 있는 아이더에게 감탄 어린 감정을 드러냈다.

"9할의 공력에도 산산조각 나지 않다니. 흠, 그렇다면 저 녀석이 제력보다 강하단 말인가?"

그는 뭔가 이상하다는 듯 고개를 갸웃했다.

'그렇다면 어쩔 수 없이 10할의 완전한 공력을 끌어 올려야겠군.'

순간 그는 자신의 모든 공력을 아이더에게 집중시키기 시작했다.

"아아아악!"

다시 몸부림치는 아이더, 하지만 뭔가 이상했다. 지금쯤 저놈은 가루가 되어 그 존재 자체가 소멸되어야 하건만 여전히 괴로워할 뿐, 신체는 멀쩡한 듯 보였다.

아니, 입과 코와 귀에서 핏물이라도 흘러야 마땅한 게 아닌가. 어쨌든 그로서는 모든 공력을 쏟아부은 상태이니 더 이상 할 것은 없었다.

"아아악. 아아. 후후. 하하하. 큭! 큭!"

그때였다. 아이더의 비명 소리가 웃음소리로 이어지고 있었으니.

"풋, 크하하하."

이에 헤르가탄은 어리둥절할 수밖에 없었다. 괴로움을 이기지 못하고 결국 미친 게 분명했다.

아이더는 자신의 목을 잡았던 손을 내려놓고는 여전히 호탕하게 웃었다.

"하하. 오랜만에 죽는 연기 좀 했더니 꽤 어색한데."

헤르가탄은 깜짝 놀랐다.

"여, 연기라니……."

"아고. 간지러워 죽는 줄 알았네."

"간지러웠다고."

"설마 그게 다는 아니겠지? 나를 너무 무시하는 것 같은데 제발 좀 본격적으로 힘을 써 봐."

"……."

순간 헤르가탄은 할 말을 잃고 말았다.

그제야 두려움과 공포가 엄습해 왔다.

"이, 이건 말도 안 돼. 절대……."

아이더는 너무도 재미있다는 듯 함박 미소를 지으며 말했다.

"세상에 절대라는 것은 없지. 영원한 것도 없고."

"아, 아냐. 나는 이미 절대 무적이다. 세상 그 누구도 제압할 수 없는 신의 경지에 올랐단 말이다."

"신의 경지라고? 아주 지랄 꼴값을 떨어요. 네가 신이면 나는 그 신을 창조한 창조주겠네. 아무튼 우리 조금 세게 놀아 보자."

"……"

헤르가탄은 머릿속이 텅 빈 느낌이었다.

'이건 현실이 아냐. 절대 아니라고. 나는 신이고 이미 절대 경지에 올랐는데 어떻게 이런 일이.'

바로 그때였다.

아이더는 어느 새 순간 이동을 했고 헤르가탄 옆에 나타나 그의 어깨에 다정하게 손을 올리고 있는 것이 아닌가.

"헉!"

헤르가탄은 기겁을 하며 뒤로 물러났다.

휘리리릭!

헌데 이번엔 어깨가 무거웠다. 그리고 아이더가 목마를 타듯 자신의 상체에 올라 있다는 것을 수 초 후에나 알아차릴 수 있었다.

"헉!"

이번에는 그로부터 황급히 빠져나가 멀리 물러섰다. 하지만 아이더는 마치 떼쓰는 아이처럼 그에게 말했다.

"나랑 놀아 달라니까."

"……."

"놀아 주지 않으면 너 진짜 혼난다."

순간 아이더가 눈앞에서 사라졌고 이내 헤르가탄의 손을 잡고 다정하게 흔드는 것이었다.

"헉! 이거 놔!"

하지만 그의 손아귀로부터 손을 뺄 수가 없었다.

"빌어먹을!"

"놀아 달라니까 그러네. 너 자꾸 그런 식으로 나오면 진짜 혼난다."

헤르가탄은 다른 한 손에 쥐어진 검으로 아이더를 공격했다.

휙.

팅!

검이 그의 정수리를 내려치는 순간, 마치 쇳덩이를 가격하는 것처럼 퉁겨져 버리고 말았다.

"아고!"

"뭐, 뭐야?"

두려움의 끝이 어딘지는 모르겠지만 현재 자신의 상체가 사시나무 떨듯 떨렸고, 다리가 후들거렸으니, 이거야말로 지독한 공포가 아닐 수 없었다.

그는 손을 빼고 어디론가 그저 도망치고 싶었다.

"이거 놔!"

"싫은데."

그때까지 천진했던 아이더의 표정이 점차 살기 가득하게 변하기 시작했다.

"나랑 놀아 주지 않는다면 다른 걸 할 수밖에."

아이더는 그의 손을 꽉 잡고 성채 쪽으로 데려갔다.

"나랑 가자."

"어, 어디!"

"자기가 뿌린 씨는 자기가 거두는 법. 너로 인해 고통 받은 자들에게 가서 죗값을 받아야겠지."

헤르가탄은 거의 절규하다시피 했다.

"이거 놔."

하지만 아이더는 냉정했다.

"안 돼. 네가 잡아다가 산 채로 쇠꼬챙이에 끼워서 고통스럽게 죽인 자들만 수십만 명은 되겠지. 그래서 말인데, 지금 살아남은 내 동족들이 너를 아주 씹어 먹는 것이 소원이라 하더라. 그들이 너를 어떻게 할지 기대가 되는데."

그 말에 헤르가탄의 낯빛은 창백해졌다.

"아, 안 돼. 제발."

"용족들도 너한테 한이 많더라. 신정 제릭이 당한 것을 생각해 봐. 적어도 테라 종족의 수장이라면 상대의 품위도 생각해 줘야지. 그렇게 난도질하며 눈알을 도려내려 한다면 그건 예의가 아니지."

그제야 헤르가탄은 절망에 찬 음성으로 목숨을 구걸했다.

"살려 줘."

아이더의 음성엔 냉기가 더욱 짙게 서리기 시작했다.

"아니. 그럴 순 없지. 아마도 용족은 일단 네 눈알부터 도려낼걸. 물론 내 동족은 너를 산 채로 쇠꼬챙이에 끼워서 뭐, 여타 고문 등으로 죽어 가는 모습을 즐기기를 원하겠지. 아고, 너는 복도 많네. 그렇게 관심 가져 주는 자들이 많아서."

헤르가탄은 그로부터 빠져나가려고 몸부림을 쳤다. 만일 이대로 성채에 끌려간다면 상상조차 할 수 없을 정도의 끔찍한 형벌이 기다리고 있을 것이기 때문이었다.

'이대로 갈 순 없어. 그렇다면 차라리!'

차라리 혀를 깨물어 자결하는 게 낫겠다 싶었다. 그래서 이빨을 벌려 있는 힘껏 혀를 물기 직전이었다.

"이얏."

헌데 입이 다물어지지 않았다.

아이더의 웃음소리.

"후후. 그렇게 죽으면 안 되지. 네 마음대로 죽을 수 있

는 상황이 아니라는 거 알면서 왜 쓸데없는 짓을 하는 거
지.”

　놀랍게도 아이더의 공력이 그보다도 몇 배는 강했던가.
헤르가탄은 이미 신체의 단 한 부분도 움직일 수 없을 정도
로 마비가 된 상태였다.

　그래도 말은 할 수 있었다.

　“제발 이대로 죽게 해 줘.”

　순간 아이더가 성질을 냈다.

　“아! 정말 내 말 더럽게 못 알아듣네. 지금부터 한마디라
도 더 하면 맞는다!”

＊　　＊　　＊

　용족의 성루 위에는 대형 깃발이 바람에 펄럭이고 있었
다. 그리고 그 창끝에 몸이 꿰인 한 존재. 아직 숨이 붙어
있었고 신음을 흘리며 고통스러워하고 있었다. 두 눈알이
뽑히고 항문에서 입까지 깃발 창에 관통당한 그는 그곳에
매달린 채 벌써 한 달이 지났건만 쉽게 저세상으로 가지 못
하는 끔찍한 형벌을 받고 있었다.

　헤르가탄의 그런 비참한 최후는 스스로 자초한 것이다.
홀론의 힘 때문에 쉽게 죽지도 못했고 매일같이 고통의 비
명을 지르며 겨우겨우 버티고 있었다.

그가 언제 평온한 죽음을 맞이할지는 그를 지켜보는 용족과 인간들의 손에 달려 있었다.

목이 마르면 물로 목을 축이게 하였고 음식도 억지로 씹게 만들었다. 그래야만 한 달이든, 일 년이든 저 같은 고통의 시간을 연장시킬 수 있었으니 말이다.

수많은 인간들을 고문해 죽인 일, 용족의 신성 제릭에게 한 짓을 생각하면 아마도 그는 수년간은 깃발 창에 매달려 같은 고통을 반복하게 될 것이다.

그런 그에게 나는 작은 동정심이 일었다. 하지만 신경을 끄기로 했다. 그의 죗값이 얼마만큼인지는 내가 정하는 게 아니라 하늘의 뜻에 따라야 한다고 믿고 있기에 말이다.

헤르가탄과의 전투 시에 저 옛날, 장난기 가득했던 아이더의 감성을 되찾았다가 지금은 다시 마로의 진지한 인성으로 돌아온 것이 신기했다.

홀론에 몰아친 피의 혈전은 서서히 막을 내리고 있었다. 헤르가탄을 잃은 테라 종족과 그들의 연합군인 마족, 그리고 고대 종족은 지리멸렬 흩어져 오지로 숨어들었고 용족과 인간종족은 서로 합심하여 승자의 권리를 마음껏 누리고 있었다.

나는 홀론의 조각 두 개를 취한 덕에 최강자가 되었고.

더 이상의 적수가 없었으니 이제는 이곳에서의 새로운 삶을 동족과 함께 누리는 기쁨을 맛보게 되었다.

생각해 보니…….

참으로 힘들고 기나긴 여정이었다.

우정을 함께했던 사성 중 나 혼자만이 살아남았을 땐 모든 게 다 부질없고 허망하기만 했다. 게다가 내가 사랑했던 공주는 다른 자의 아내가 되었으니 결코 원했던 결말은 아니었다.

하지만 이미 망자가 되어 버린 테디우스와 가르시아, 레이카니안의 숨결이 바람을 타고 내 영혼과 가슴에 영원히 담겨 있음을 느끼고…… 아이더와 마로의 인성이 완전한 균형을 이룬 지금의 내게 가장 잘 어울리는 반려자가 제인피어라는 사실을 알고 나서는 행복했다.

그녀가 나와의 의식 교합에 성공함으로써 내 아내가 되었기 때문이다. 애석한 일은 이제 제인피어는 대지의 여신도 아니요, 정령도 아닌, 그저 일개 인간의 아내가 되어 나와 함께 나이를 먹어 가야 한다는 사실이었다.

그래도 그녀는 어린아이처럼 무척 기뻐했다.

그 모든 것이 꿈만 같았다. 하지만 제인피어는 여전히 내가 전생에 현자로 있을 때 세워 두었던 각본이 잘 맞아들었다고 말한다. 나는 이제 별로 궁금하지 않았다. 내가 현자였든 뭐든 간에 지금 이 순간이 중요한 것이 아닌가.

나는 더 이상 아이더도 아니고 마로도 아닌 새로운 인성으로 이 세상을 살아갈 것이다. 내게는 이 홀론에서 함께 새로운 나라를 만들어 갈 백성이 생겼고 진정한 군주로서 그들을 보호해야 할 의무가 있었다.

패잔병으로 곳곳에 숨어든 테라 종족과 마족, 고대 종족이 언제 규합을 해서 쳐들어올지 몰랐다. 아마도 언젠가는 헤르가탄보다도 훨씬 강한 자를 내세워 나와 용족을 위협할 수도 있는 일이다.

하지만 두렵지 않았다. 나는 보다 강력한 군대를 만들 것이고 용족과 동맹을 맺어 그들의 침략에 대비할 것이기에 말이다.

삶이란 드넓은 산등성이를 횡단하는 것과 마찬가지인 것 같았다. 산을 넘고 나면 더 큰 산이 기다리고 있고 그것을 넘어도 끝없이 봉우리가 이어져 있는, 고뇌에 고뇌를 거듭해야 하는 수업장이랄까.

그럼에도 우리가 버틸 수 있는 것은 산 아래 작은 숲속과 연못가에서의 짧은 쉼만으로도 다음으로 가는 여정에 필요한 힘을 충천할 수 있게끔, 그렇게 모든 걸 안배해 둔 신의 뜻 덕분이란 생각이 든다.

그걸 느꼈을 때, 인생은 더 이상 고된 역정이 아니라 성장을 위한 긴 여행이 된다. 아무리 힘든 일이 기다리고 있을지라도 그것을 넘기면 반드시 달콤한 안식처가 있듯이 우리는 날마다 희망을 먹고 사는 존재들인 것이다.

나는 희망한다.

훗날 수명을 다하고 땅에 묻히는 그것이 그저 육체적 죽음이기를, 그리고 그 이후에도 영혼들의 여정은 계속되기를…….

그래서 나는 슬프지 않았다.

언젠가 땅에 묻히고 나면 내가 사랑했던 모든 자들과 다시 조우할 수 있을 테니 말이다. 우리는 지상에서의 삶을 마감하고 천상에서 다시 계획을 짜겠지.

또 어떤 삶의 청사진이 우릴 기다리고 있을지. 어떤 사람으로서, 어떤 역할로서 굴곡진 긴 여행길에 나서게 될지를.

솔직히 그런 믿음을 가지고 있으면서도 그때가 기다려지지는 않는다. 워낙 이 지상에서의 여정이 너무도 혹독하고 힘들었기 때문이었다.

누가 그랬던가. 그저 하루하루를 감사해하며 살 수 있는 영혼이 된다면, 그거야말로 깨달음의 경지에 이른 현자인 거라고. 진정 위대한 사람은 수많은 고난 속에서도 항시 웃음을 잃지 않고 꿋꿋하게 버티는 존재이다.

나는 그들에게 배울 것이다.

또한!

이 홀론에서 동족이 스스로 살아남는 법을 가르칠 것이

다. 내가 알고 있는 모든 것을 전수함으로써…….

정의를 강조하고 평범한 삶이 행복하다는 것을 알게 해
줄 것이다.

상대를 억누르거나 정복할 수 있을 정도의 힘을 가져야
강한 게 아니라, 그저 자신과 자신이 사랑하는 이들을 지켜
줄 만큼이면 충분하다는 것을. 그것이 진정한 강함의 의미
임을 말이다.

에필로그

뾰족하고 기이한 모습의 봉우리들이 헤이릴 수 없을 정
도로 솟아 있는 거대한 산은 북반구다운 풍경을 담아내고
있었다.

커다란 산들의 비탈에는 하얀 벽을 가진 저택들이 따스
한 햇살 속에 파묻혀 있었다. 저 멀리 바라보이는 밝은 색
집들이 산봉우리에서 아래까지 점점이 흩어져 있어 여름의
짙은 산록과 한겨울의 눈밭이 공존하는 것 같았다. 술기운
에 바라보는 고향의 모습은 몽롱함이 더해져 마치 동화 속
의 세상을 접하는 듯한 착각을 불러일으켰다.

산 아래 드넓게 펼쳐진 밀밭 곡창 지대, 매년 연례행사인 수확의 계절이 돌아왔던가. 농부들의 억센 손길들, 농부들의 손길이 점점 빨라지고 있었다.

늙은 농부들과 손을 맞추는 귀환병들, 찢어진 군복 차림에 탈곡기를 돌리고 있었는데 그들의 낫질과 탈곡 기술은 오히려 늙은 농부들만 못했다. 홀론 대전쟁에서 얻은 부상 탓에 손발에 힘이 잘 들어가지 않는지, 그들의 아비와 할아비가 더 분주하게 움직였다. 길고 길었던, 그리고 지금까지 이어지는 전쟁의 상흔(傷痕)은 수많은 병사들이 마을로 돌아오며 더욱 불거졌다.

심하게 달구어진, 혹은 이곳저곳이 짓이겨진 신체, 마주치기도 어려운 불안한 초점. 화살에 맞아 한쪽 눈을 잃은 자, 사지 하나가 떨어져 나간 자, 정신이 나간 자 등등. 그나마 온전한 모습으로 돌아온 자는 셀 수 있을 정도로 적었다.

이곳 지방에서 징용된 병사들이 귀향하기까지 오랜 세월이 흘렀다. 그나마 살아 돌아온 자들은 가을의 황금빛 밀밭에서 붉은 와인이 들어 있는 가죽 통을 차례대로 돌리며 목을 축일 수 있는 자들이요, 따사로운 태양빛에 땀을 식히고 저 멀리 언덕 양치기 소년의 뿔 고동소리를 들을 수 있는 축복받은 영혼들인 것이다.

지난번 마로의 삶을 살 때 잠시 고향에 들렀던 그 광경과 모든 것이 일치했다. 하지만 여기는 내가 홀론에서 새롭게 시작할 터전이자 내 궁궐이 들어설 자리였다. 산 뒤편에는 이미 한창 공사가 진행되고 있었다. 그렇기에 나는 일 년 만에 나를 찾아온 손님들을 이곳 마을 회관 정원에서 맞이하기로 했다.

비록 조촐한 만찬이었지만 그들은 전혀 개의치 않았다. 다만 용족의 군주 제릭만이 음식 들기를 꺼려하는 눈치였던가.

"여보! 나랑 약속했죠? 앞으로 인간들의 음식에도 익숙해지기로 말이죠."

베아트리체의 잔소리는 계속되었다.

"우리 쌍둥이 아기도 반은 인간의 피가 흐른다는 사실을 아셔야죠."

제릭은 고개를 절레절레 흔들었다.

"아, 나 참. 알았다니까. 지금 먹고 있잖아. 헌데 빵이 왜 이렇게 딱딱한 거야."

"우유를 찍어 먹으면 부드럽잖아요."

"흠, 여보. 나는 용이란 말이야. 육식을 좋아하는……."

"고기는 건강에 나쁘니까 앞으로 채식 위주로 식단을 바꿔 봐요."

"그건 차라리 나보고 죽으라는 얘기지."

나와 제인피어는 그런 그들의 다툼에 절로 웃음이 나왔다. 베아트리체는 제인피어의 불록 나온 배를 보고는 빙그레 미소로 말했다.

"산달이 언제죠?"

"이번 달입니다."

"정말 축하드려요."

"솔직히 겁이 납니다. 제가 정령 출신이라서 과연 출산을 견디어낼 수 있을지 말이죠. 무척 고통스럽다고 하던데요."

"걱정 말아요. 그건 인간들에게 있어서 신성한 의식과도 같은 거니까요. 또한 소중한 탄생을 거행함으로써 하늘의 축복이 내릴 테니 그냥 마음을 편히 가지세요."

그때 제릭이 내게 말했다.

"이보시오, 아이더. 지난번 나와 약속했던 것 기억하시죠."

나는 다소 당황했다.

"아, 네."

"만일 당신 아기가 딸이라면 사돈 맺기로 한 거 말이죠."

"예……."

그러자 베아트리체가 반발했다.

"당신도 참! 벌써부터 정략결혼을 생각하는 거예요!"

“인간과 용족이 사이좋게 어울리려면……."

“그건 이미 당신과 내가 결혼함으로써 해결되었잖아요. 그리고 애들이 물건이에요! 우리 마음대로 자기들 혼사까지 정하게. 으이고. 제발 철 좀 드세요.”

또 시작되는 잔소리, 결국 제릭은 두 손으로 귀를 막고 말았다. 하지만 베아트리체는 거기서 끝내지 않았다.

“당신이 애들 다 맡아요. 저는 잠깐 제인피어와 할 얘기가 있으니까요.”

그녀는 쌍둥이를 남편에게 다 맡기고 제인피어와 함께 일어났다.

“저희끼리 할 얘기가 있어서요.”

“무슨 얘기?”

“산달이 가까워졌는데 그에 앞서 당부하고 싶은 말이 있거든요. 여자들만 알 수 있는.”

제인피어 역시 그녀를 따라 자리를 떴다.

제릭이 내게 한숨을 쉬며 말했다.

“후. 내가 세상에서 가장 무서워하는 것이 바로 잔소리입니다. 나 참. 베아트리체는 성질이 보통이 아닌 것 같아요.”

나는 그만 웃음이 나왔다.

“하하. 공주님은 예전부터 그랬었지요. 제가 신하로 있을 때는 많이 맞기도 했거든요.”

제릭이 깜짝 놀랐다.

"그게 정말입니까?"

"그래도 정말 결혼 잘하신 겁니다."

"흠. 그거야 저도 알지만……."

바로 그때 들려오는 다급한 외침.

"큰일 났어요!"

우리는 뭔가 하고 그쪽을 바라보았다.

"애기가 나오려고 그래요!"

"뭐라고!"

우린 동시에 일어났고 그쪽으로 황급히 달려갔다. 제인 피어는 베아트리체의 부축을 받으며 건물 안으로 겨우 들어갔다.

"남자들은 여기서 기다려요! 애기는 저와 시종들이 받을 테니까요."

"……."

그로부터 얼마나 시간이 흘렀을까.

"으앙!"

초조하게 기다렸던 나는 눈이 번쩍 뜨였다. 제릭의 관심사는 성별이었다.

"남자요? 여자요?"

"딸이요. 애기랑 산모랑 모두 건강해요."

순간 나는 무릎을 꿇고 두 손 모아 하늘에 기도했다.

"감사합니다. 신이시여!"

헌데 나보다 더 감격스러워하는 자는 제릭이었다.

그는 갑자기 내 손을 잡고는 아주 진지한 표정으로 말을 건넸다.

"축하드립니다. 사돈……."

"……."

〈완결〉

DREAMBOOKS